话里有画，
王蒙说

王蒙 著

作家出版社

图书在版编目（CIP）数据

话里有画，王蒙说 / 王蒙著 . -- 北京：作家出版社，
2021. 9
ISBN 978-7-5212-1481-9

Ⅰ . ①话… Ⅱ . ①王… Ⅲ . ①散文集 – 中国 – 当代 Ⅳ .
①I267

中国版本图书馆CIP数据核字（2021）第129273号

话里有画，王蒙说

作　　者：王　蒙
书名题字：彭长征
插　　图：彭长征
责任编辑：赵　莹
装帧设计：书香力扬
出版发行：作家出版社有限公司
社　　址：北京农展馆南里10号　　邮　　编：100125
电话传真：86-10-65067186（发行中心及邮购部）
　　　　　86-10-65004079（总编室）
E-mail:zuojia@zuojia.net.cn
http://www.zuojiachubanshe.com
印　　刷：唐山嘉德印刷有限公司
成品尺寸：145×210
字　　数：139千
印　　张：6.5
版　　次：2021年9月第1版
印　　次：2021年9月第1次印刷
ISBN　978-7-5212-1481-9
定　　价：58.00元

目录 | *Contents*

生活的艺术

SHENG HUO DE YI SHU

太想赢的时候反而会输

· · ·

有一次我问起十分高龄而且健康的周谷城先生："您的养生之道是什么？"他回答说："说了别人不信，我的养生之道就是'不养生'三个字。我从来不考虑养生不养生的。饮食睡眠活动一切听其自然。"他讲得太好了，对比那些吃补药吃出毛病来的，练气功练得走火入魔的，长跑最后猝死的，还有秦始皇、汉武帝等追求长生不老之药的，贾家宁国府里炼丹服丹最后把自己药死的……他的话就更深刻。当然我无意否定良好的生活饮食锻炼安排的重要性。

1996 年我在德国从电视里看当时在英国举行的欧洲杯足球锦标赛半决赛，德国队对英国队。英国队状态极佳，又是在家门口比赛，志在必得；德国队当时也处于高峰时期。两队踢了个平局，加时又是平局，点球大战决胜负。英国队极兴奋，踢进一个点球球员就表露出兴奋若狂不可一世的架势，而德国队显得很冷静，踢进一个点球，竟基本上无反应。后来，英国队输了。我评论说："英国队太想赢了，所以反而输了。"一位德国汉学家朋友说："这是典型的中国式的评论，欧洲人是没办法懂你的逻辑的。"

然而我们周围到处是这样的事例，那些孜孜以求官的人，能做多大的官？那些孜孜以求名的人，能出多大的名？那些自命精英的人，能有多少货色？那些惟恐别人反对自己的人，能没有人反对吗？那些事事惟恐吃亏的人，又能占多少便宜？那些装腔作势的家伙，因其装与作不是更像一个小丑而不是大师吗？吹吹打打的炒作广告，不是更泄露出货色的没有底气吗？还有的人整天表白论证自己一贯是正确的，甚至利用手中的权力叫自己的下属表态确认与拥戴自己的正确性，他们的样子像是正确性与真理性

一个人不知道自己有什么事可做是多么羞愧啊！

的垄断者吗？甚至还有人专门弄一批人搜集对自己的不满言论，然后大呼小叫地闹腾，这种可笑的做法除了自己传播对自己极不利的各种说法以外，能有什么正面的效果吗？其实绝大多数人对一个人不会有特殊的兴趣，不会有多少成见，也不会有多少专案组式的调查狂。你是交警，人家开车自然要听你的指挥，谁管你道德品质觉悟如何？你是开车的我是交警，则我要求你遵守交通规则，同样这与对你的印象无关。没完没了地捶胸顿足地折腾自己表白自己吹嘘自己，除了丢人现眼，你能做成什么呢？机关算尽太聪明，反误了卿卿性命，中国人这方面的经验多着呢。求事业，求道德，求本领，求学习，则人际关系良好；求山头，求蝇营狗苟，求私利，则人际关系完蛋。世间诸事多为双向，没有单方面的取得，也少有单方面的付出。希望从与旁人的相处中得到一切好处的人更应该想想自己可以为旁人做些什么。

不要做"永远够不着肉骨头"的狗

: :

　　下棋也好，打仗也好，有一条叫作积小胜为大胜，这里多占一个子，那里抢先一步，最后就造就了胜负的差别。同样，这里缴一支枪，那里灭几个敌人，最后使力量消长，强弱易位，形势变化，胜负大不一样。当然也有表面上一方屡屡处于弱势败势，而最后反败为胜的。例如刘邦之对项羽，那是因为表面上的失败者借失败而积蓄力量，表面上的胜利者因胜利而昏头昏脑，愈胜愈骄愈残暴愈孤家寡人愈刚愎自用，岂有最后不败之理？冰冻三尺，非一日之寒。我们常常看到最初在起跑线上，人们的差别很微小或者全无差别或者强的显弱弱的显强，跑了二十米，已经显出了快慢的差别，再跑一百米，已经不在一个层次上了，再跑几百米呢，已经差一圈了。这些都是一步步跑出来显出来的，功夫在一步步中。意义正是如此。

　　生活中常常有一些怨天尤人的人，原因之一是他们不明白积小胜为大胜的道理，只想一鸣惊人，不想十年寒窗；只想一获千金，不想针头线脑；只想一帆风顺，不想披荆斩棘；只想出人头地，不想埋头苦干；只想高歌猛进，不想小心谨慎。这样他所珍视所追求的价值，就永远是一个可望而不可即的缥缈幻梦，成为巴甫洛夫的实验中的狗的永远够不着的肉骨头（参见拙著长篇小说《活动变人形》）。

人各有志人各有境，应该允许百花齐放与多元互补。

"大"境界与"小"乐趣

· · ·

为了——当然不只是为了——身心的健康，第一，要善良仁爱。人生有许多快乐，首先是做好事最快乐，理解旁人与原谅旁人最快乐。第二，是大境界小乐趣。大境界，就是说不争一日之短长，不计较鼻子底下那点得失，不在乎一时的被误解被攻击，赢得起也输得起，随大流得起也孤独得起孤立得起，无私至少是少私故少惧，胸有大志则吾善养吾浩然之气，总是能在不同的境遇中看到光明看到转机看到希望看到教益，叫作不可救药的乐观主义。大境界不搞小争斗，不为别的至少是为没有时间，把时间放在蝇营狗苟上，斤斤计较上，鸡毛蒜皮上，嘀嘀咕咕上，抠抠搜搜上，自说自话上，你说，他这一辈子还能有多大出息？

小乐趣是指不拒绝小事情，并从中感受到人生的快乐。快乐也是价值。快乐不仅在生活的终极目标远大理想那里，也在生活的具体而微小的各种事项与过程之中。快乐不仅在于达到目标，

沟通可以尽可能地减少恶的动机，减少人与人的敌意。

也在于为达到目标而走过的全过程。黎明即起，洒扫庭除，是乐趣。买油条或者熬稀饭，磨豆浆或者煮牛奶，烤面包或者茶泡饭也是乐趣。挤大巴，看众生，看情侣们到了公共汽车上仍然脉脉含情是一种乐趣。打出租听的哥神侃何尝不快乐？订份报看很好，到公共阅报栏免费看好多种报也很快乐。做饭炒菜烙饼包饺子买现成的速冻饺子洗碗很快乐，修自行车修抽水马桶修电门接保险丝都很有趣。与明白人谈话是一种享受，与糊涂人磨牙让你知道世上竟有这种不可理喻的人在，不也是开眼吗？对父母尽心最满足。给孩子服务最甘甜。给老伴尽心最福气。给朋友帮忙最得意。购物散步用茶打电话接电话旅行回家读书写字有病吃药没病锻炼冬天取暖夏天乘凉洗脸洗脚洗澡洗衣服都是太叫人高兴了。

多伟大的人也是普通人，多伟大的人也应该享受普通人的快乐，过普通人的生活。珍惜你的有生之年的每一天、每一刻，每一事、每一次说话的机会、工作的机会、流汗的机会。我当部长期间常常清晨穿着拖鞋去买炸油饼，此事被新凤霞知道了，她多次提起反应强烈。其实，这正是我的快乐。

虽然我们还不能穷尽宇宙的奥秘、地球的奥秘、生命的奥秘、人生的终极，但我们能不承认人的出现是一个伟大的奇迹吗？我们能不承认我们自己的存在是一件伟大的奇迹吗？我们能不承认我们的意识、我们的思想、我们的情感，是万分值得珍惜的吗？我们能不珍惜有生之年之天之小时之分钟吗？我们怎么能动不动一脑门子官司，动不动人人欠你二百吊钱的架势？

在人的各种各样的毛病中，在各种骂人的词中，无趣是一个很重的词，是一个毁灭性的词。可悲的是，无趣的人还是太多了。这样的人除了一两样东西，如金钱、官职，顶多再加上鬼鬼祟祟耍心眼儿，再无爱好再无趣味。一脑门子官司，一脑门子私利，一脑门子是非，顶多再加一肚子吃喝。不读书，不看报，不游山，不玩水，不赏花，不种草，不养龟、鱼、猫、狗，不下棋，不打牌，不劳动，不锻炼，不学习，不唱歌，不跳舞，不打太极拳，不哭，不笑，不幽默，不好奇，不问问题，不看画展，不逛公园，不逛百货公司……自己活得毫无趣味，更败坏所有与他接触过的人的心绪。我有时甚至会偏激地想："宁做恶人，也不要做一个无趣的男人（女人稍稍好一点，女人一般至少还要抓抓生活，心里还有点鸡毛蒜皮的生活气息）啊！"尤其是，一想到一个无趣的人还有配偶，他的配偶将和这样的人共度一生，真是令人毛骨悚然。

俗境：生命的简单重复与"瞎浪漫"

在当前人们聚精会神地搞建设的情况下，也许大多数人难于碰到特别的逆境和顺境，更多是一种俗境：工作不好不坏，专业过得去但不出色，也并非全然滥竽充数，客观环境一般化，身体、心情、收入、地位、处境都可以说是比上不足比下有余。

这样的日子过得平常、平淡、平凡、平静、平和。这几个"平"其实也是一种幸福一种运气。我国南方就把"平"字当作一个吉祥的字。香港将"奔驰"车译成"平"字就很有趣。但这样平常的状态是很容易被清高的、胸怀大志的、哪里也放不下的或多愁善感的人们视为庸俗。这样的生活有着太多重复，太多的日复一日、年复一年，太少的新鲜感、浪漫和刺激。静极思动，人们长期处在相对平静的生活中也会突然憋气起来，上火起来。契诃夫就很善于写这种平凡的小地主小市民生活不满意的人的心态。

　　这里有一个杀伤力极强的名词叫作"庸俗"。和配偶生活了许多年双方都没有外遇，这似乎有点庸俗。饮食起居都有规律，没有酒精中毒，没有服用毒品，没有出车祸又没有患癌症，这是否也有点庸俗呢？没当上模范，没当上罪犯，没当上大官也没当上大款，没当上乞丐也用不着逃亡，没住过五星级宾馆大套间也没露宿过街头，没碰上妓女也没碰上骗子，没碰上间谍也没碰上雷锋，没有艳遇也没有阳痿阴冷，那怎么办呢？庸俗在那里等着你呢。

　　对于这样的庸俗之怨庸俗之叹我一无办法。我在年轻时最怕的也是庸俗。写作的一个目的也是对抗庸俗。我甚至认为，许多

耐心高于智慧，
　　耐心重于道德。

知识分子之选择革命不是如工农那样由于饥饿和压迫，而是由于拒绝庸俗——随波逐流、自满自足、害怕变革、害怕牺牲等。后来，积半个多世纪之经验，我明白了，庸俗很难说是一种职业，一种客观环境，一种政治的特殊产物。商人是庸俗的吗？和平生活是庸俗的吗？英雄主义的政治与大众化的政治，究竟哪个更庸俗呢？小学刚毕业的人批判爱因斯坦，如"文革"中发生过的，其实令人不觉得庸俗呢。莫非庸俗需要疯狂来治疗？而一个人文博士，刚出炉的 Ph.D.，摆出救世的架势，或是摆出只要实惠可以向任何金钱或权力投靠的架势，究竟哪个是庸俗呢？真是天知道啊。诗是最不庸俗的吗？有各种假冒伪劣的诗，还有俗不可耐的诗人——我曾刻薄地开玩笑说这种诗人把最好的东西写到诗里了，给自己剩下的只有低俗和丑恶了。革命阵营中也有庸俗，除非革命永不胜利，革命永不普及，革命成为格瓦拉式的小股冒险。画家、明星、外交官、飞行员、水兵和船长这些浪漫的工作中都有庸俗者。正如行行出状元一样，行行也出庸俗。想来想去倒是恐怖分子绝对地不会庸俗。而另一方面滥用庸俗这个说法，孤芳自赏，如王小波说的只会瞎浪漫，则只能败坏正常与正当的人生。

庸俗不庸俗主要还是一个境界问题，一个文化素养、趣味问题。与其哀哀地酸酸地悲叹或咒骂旁人的庸俗不如自己多读书、多学习，提高自己的品位，扩大自己的眼界同时理直气壮地在正常情势下过正常的生活。现如今流行一句话，叫作"大雅若俗，大洋若土"。真正的雅并不拒绝至少不对大众/一般/快餐/时尚/传媒/蓝领那样痛心疾首。真正的雅或洋并不会致力于表示自己的与俗鲜谐，特立独行，天高云淡。只有旧俄作家笔下的乡村地主，才会留下十余年前在彼得堡听戏的戏票，时不时地向人炫耀自己的不俗。

俗人并不可怕，俗并不可怕，可怕的是用俗来剪裁一切排斥一切高尚高雅，或者使世俗向低俗再向恶俗方面发展。还有令人起鸡皮疙瘩的是自己已经俗得可以了偏偏以高雅身居，张口闭口都是旁人的庸俗。例如喜爱吃喝，绝非大恶，毋宁说那也是人生乐趣的一部分。因贪吃贪杯而挥霍、而钻营、而丧失尊严、而丑态毕露那就是低俗了，而进一步用大吃大喝为手段结交坏人，共谋犯罪，巧取豪夺，违法乱纪，那就不仅是恶俗而是罪恶了。而如果是自己吃完了立刻抨击吃喝呢？

至少，也还可以提出一个比较易行的建议：培养自己的审美能力吧，不论你的工作你的专业是治国平天下还是宇宙地球，是争夺冠军还是清理厕所，是花样无穷还是数十年如一日，你总可以读点名著，看点名画，听听音乐戏曲，赏赏名山大川，用人类的文化、祖国的文化点缀丰富一下自己的局促的生活吧，用艺术的与自然的魅力来补充一下抚慰一下自己的平凡的日子与难免有时感到寂寞的灵魂吧，这比孤芳自赏自恋自迷强得多啦。

我的人生经验与惭愧

∴

　　但与此同时，我们也有理由对于天道有常，对于恶有恶报，对于谎言的腿短、阴谋迟早会暴露，人心自有一杆秤，或者至少是四种颜色不同的球多半会有同等的或接近的机会被挑出……抱有一定的信心，我们不相信轻易的胜利，也不必相信轻易的失败。正义不会说赢就赢，反过来说，恶人也远非诸事顺遂。即使天上落下了恶的馅饼，突然对他们出现了大好形势，恶人们也会因为内部哄抢，因为骄纵无度，因为积怨过多，因为利欲熏心，因为无法无天，因为倒行逆施，因为丧尽人心而随时走向反面走向衰亡。有这样一个基本的乐观估计，这样一个大的信心，就永远不会使自己长久陷入自怨自艾哀鸣长叹的泥沼而不能自拔。

　　我还有一个经验，如果这也算是经验的话，那就是热爱大自然，回归大自然。不是从环保的意义上谈大自然而是从心理健康上谈大自然。大而至于星空皓月地平线海洋雪山朝阳落日沙漠森

我为了我们的国家社
会生活更美好而写作。

林……小而至于一虫一花一鸟一露珠一沙石……都是奇妙的开朗
的与令人神驰的。归根结蒂，人来自大自然并且最终要回到大自
然，人可以与大自然建立一种和谐，建立一种审美观照的愉悦，
建立一种兴趣，建立一种求知求真的追求，建立一种有所畏惧的
自我控制也有所仗恃的安全感。春风风人，夏雨雨人，清风明月
不用一钱买，又是一年芳草绿，依然十里杏花红。海阔凭鱼跃，
天高任鸟飞，天高月小，水落石出。大江东去，长河落日圆……
这些别人很难从你这里剥夺了去，除非剥夺你的生命。剥夺生命
又谈何容易？古往今来，多少动辄剥夺人家生命的人，最后都落
得个身首异地的下场。

珍惜大自然就是珍惜自己的所由、所出、所归、所依、所乐、所悲。珍惜大自然就是珍惜人类的存在和尊严，珍惜人类的出发与归宿。珍惜大自然还就是永远立于不败之地，永远生活在蓝天与大地之间，永远如日月之经天如江河之行地，永远稳得住自己，永远有一个主心骨，永远处于一种阔大、高尚而又脚踏实地的境界。

当然，所有以上种种，都不能解决确实碰到了厄运的人的问题，你确实受到了奇冤，你碰到了自然灾害，你碰到了交通事故，你遭到了抢劫、暴力和种种不幸，这些都不是学到一点什么知识、树立一点什么境界能管用的。我难以帮助你们，我感到惭愧，我只能祝你们好运而不是厄运，万一谁谁当真碰到了大不幸了，我只能希望你坚强，渡过一切难关，争取更好的更快的转机。

不设防

· · ·

　　我有三枚闲章：无为而治、逍遥、不设防。"无为"与"逍遥"都写过了，现在说一说"不设防"。

　　不设防的核心一是光明坦荡，二是不怕暴露自己的弱点。

　　为什么不设防？因为没有设防的必要。无害人之心，无苟且之意，无不轨之念，无非礼之思，防什么？谁能奈这样的不设防者何？

中山落明笑一皆　浮沉

浮沉皆一笑，
　明月落山中。

我的毛笔字写得很差，但仍有人要我题字。我最喜欢题的自撰箴言乃是"大道无术"四个字。鬼机灵毕竟是小机灵。小手段只能收效于一时。小团体只能鼓噪一阵。只有大道，客观规律之道，历史发展之道，为文为人之道，才能真正解决问题。设防，只是小术，叫作雕虫小技。靠小术占小利，最终贻笑大方。设防就要装腔作势，言行不一，当场出丑，露出尾巴，徒留笑柄。设防就要戴上假面具，拒真正的友人于千里之外，终于不伦不类，孤家寡人。不怕暴露自己的缺点，乃至敢于自嘲，意味着清醒更意味着自信，意味着活泼更意味着真诚。缺点就缺点，弱点就弱点，不想唬人，不想骗人，亲切待人，因诚得诚。不为自己的形象操心，不为别人的风言风语而气怒，不动不动就拉出自己来，往自己脸上贴金。自吹自擂，自哀自叹，自急自闹，都是一无所长毫无自信的结果，都实在让人笑话。

从另一方面来说，不设防是最好的保护。亲切和坦荡，千千万万读者和友人的了解与支持，上下左右内外的了解与支持，这不是比马其诺防线更加不破的防线吗？

之所以不设防，还有一个也许是最重要的最根本的原因：我们没有时间。比起为个人设防来说，我们有更多得多、更有意义得多的事情去做。把事情做好，这也是更好的防御和进攻——对于那些专门干扰别人做事的人。

因为不设防是不是也有吃亏的时候，让一些不怀好意的小人得逞——乱抓辫子乱扣帽子的时候呢？

当然有。然而，从长远来说，得大于失，虽失犹得，不设防仍然是我的始终不悔的信条。

有一种人"生下来就过时"？

第一个人出来了，他说："啊，我真痛苦！我为人类的愚蠢而痛苦，为体制的缺陷而痛苦，为民族的痼疾而痛苦，为许多痴

有所不为，有所不争，
有所不言，有所不问。

男怨女而痛苦，为所有的冤枉致死的人而痛苦……"

第二个人出来了，他说："啊，我真快乐！我为男男女女、国国家家、吃吃喝喝、忙忙碌碌而满意而幸福而大喜……"

第三个人出来了，他说："我真伟大！我是英雄！我要挽狂澜于既倒，我要为人类而燃烧，我要为你们钉到十字架上，我要用我的光辉照亮黑暗。如果现在没有光，我就是光；如果现在没有热，我就是热；如果现在没有粮食，我就是粮食；如果现在没有雨露，我就是甘霖！"

第四个人出来了，他说："我是混蛋，我是白痴，我是毛毛虫，我是土鳖……"

第五个人整天憋气，他说："我是炸弹，我是利刃，我是毒药，我是狼，我是蛇，我是蝎子……"

第六个人一出来就向大家鼓掌，于是大家又向他鼓掌，于是他再向大家鼓掌，于是大家再向他鼓掌，后来大家都累了、打盹儿了，他也不知道到什么地方去了。

第七个人一出来就喊："我是好人，我是好人，我是好人……"

第八个人没有说明他是什么不是什么，他只是做他能够做和必须做的事情。他碰到了好事便快乐，碰到了坏事便皱眉。该思考的时候便思考，没考虑出个结果来就承认自己没有想好。和别人意见不一致了，他也就只好说是不一致，和别人意见一致了他也就不多说了。有人说他其实很精明，有人说他本来可以成为大人物，但是胆子太小了，没有搞成。有人说他其实一生下来就过时了。

为自己创造不止一个世界

为自己创造不止一个世界，这是又一个忠告。一个人需要的世界不止一个，你应该有自己的事业，应该有自己的家庭，如果你选择了独身，就是说应该有自己的私生活，应该有自己的爱好——不论别人看得上或是看不上你的爱好。应该有不止一方面的专长，应该有自己的阅读审美收藏记载的习惯，应该有自己的梦自己的遐想自己的内心世界，至少还应该有自己的爱好自己的娱乐自己的癖好。在工作不太顺心的时候，你至少可以在家里在自己的住所里得到温馨得到慰藉得到欣赏陶醉和补偿。连年政治运动期间常常批判"避风港"，太妙了，避风之港也。这是一个躲避至少是缓解灾难、保持稳定、休养生息、保护有生力量的处所，这种"避风港"为国家为人民为自身做出了很大贡献。没有"避风港"，经过政治运动的地毯式的轰炸，还能有几个有用之才留下来？还能有今天这种一改革就奏效，一开放就发展的好事吗？

友谊和空气阳光一样重要，一样须臾难离，并且是比一切物质条件更重要的东西。

在出现莫名其妙的灾变的时候，你至少可以听听音乐养养花摆弄摆弄宠物写两篇不一定发表的诗。当某种专长一时派不上用场的时候，你还有别的专长可圈可点可以一展身手。在新疆时我无法写作，但我至少还可以当维吾尔语与汉语之间的翻译，而在多民族聚居的地方，翻译是非常重要的。我还看到过一些有自己的专业特长叫作有一技之长的人，年龄到了，从官职上退下来以后，立即投入了自己的专业活动专业实践，这边"下台"，那边"上台"，这边隐退，那边复出，妙矣！如鱼归海，如鸟飞天，得其所哉，生活又是一个开始。而那些除了开会传达文件别的什么都不会干的人，退下来以后真是空虚寂寞难以排遣。没有特殊的专长，至少可以有一点兴趣癖好，你爱养花，你爱养猫狗宠物，你收藏，你集邮，你临帖，你喜欢打牌，你喜欢烹调，这都是你的自得其乐的世界，到了自己有几个世界的程度，你就永远立于不败之地了。相反呢，你就会看到一些偏执者自私者鼠目寸光者动辄走投无路，狼奔豕突，呼天抢地，日暮途穷，煞是可怜亦复可笑可叹。

既要集中精力又不可单打一把自己紧绑在一根绳子上，个中相克相生相补充相违拗的关系只能在实际生活中摸索。多几个世界并非彼此对立的，专心致志也并非只认一根绳子，没有活泼的思想，哪会有活泼的人生！

当然，这同样没有铁的同一性，有的人一辈子就爱一件事，就钻一件事，就干一件事，再无爱好，再无旁骛，为一件事献出自己的一切，并取得了辉煌的业绩，怎么办呢？让我们向他或她致敬就是了。

人生即燃烧

这本漫谈人生哲学的小书快要结束的时候，我产生了一种担心：我是不是讲得太消极太老庄了？无为呀，等待呀，不这个不那个呀，快乐健康而又放松呀，这会把读者特别是青年读者带到什么地方去呢？

是的，我侧重于讲不要做那些不该做的事了，我对于应该做什么除了学习以外都谈得比较松弛。然而有一点是明确的，无为可能对某些人是关键，因为他为各种煽动、混乱、愚蠢和野蛮、自私、狂躁占据得太多了。但是我们的目的不是无为而是有为，不是消极而是积极，不是否定此生而是更好地使用和受用此生，不是一味等待而是主动创造，这是没有疑问的。

也可以换一种说法，无为呀等待呀无术呀自然呀，都是为了扫清道路，清理困扰，而后能够投入地做一些有意义、有成就、有滋味、有光彩的事情。

从生命个体来说，我们能够支配的关键的岁月不过那么几十年，然后再无第二次机会。对于人的一生来说，那才是机不可失时不再来。生命由于它的短暂和不可逆性、一次性而弥足珍贵而神奇而美丽。虚度这样的生命，辜负这样的生命，这是多么愚蠢多么罪过！一个人丢了一百块钱人民币都会心痛，那么丢失了生命中的有所作为的可能，不是更心痛吗？

在儿童时期，人们的差异并不太多，大家都在同一条起跑线上。

此后呢，差得就越来越远了，有的虚度光阴，深悔蹉跎；有的怨天尤人，郁郁不乐；有的东跑西颠，一事无成；有的猥猥琐琐、窝窝囊囊；有的胡作非为，头破血流……有几个人成功？

有几个人满意？有几个人老后能够不叹息：少壮不努力老大徒伤悲！

而人生的不同的类型不同的结局，大体上是青年时期就可以看出点端倪来的。青年时代，谁不愿意投入生活、投入爱情、投入学习、投入事业、投入社会、投入人间？

即使生活还相当艰难，爱情还隐隐约约，学习还道路方长，社会还明明暗暗，人间还有许多不平，你也要投入，你也要尽力尽情尽兴尽一切可能，努力去争取一切可以争取到也应该争取到的，以使你能够得到智慧和光明，得到成绩和价值。我并不笼统地赞成古人立大志的说法，但你总该希望自己对社会对人群对国家民族人类多做出一点贡献，至少是确实竭尽了全力，就是说至少是充分燃烧了，充分发了热发了光，充分享用了使用了弘扬了

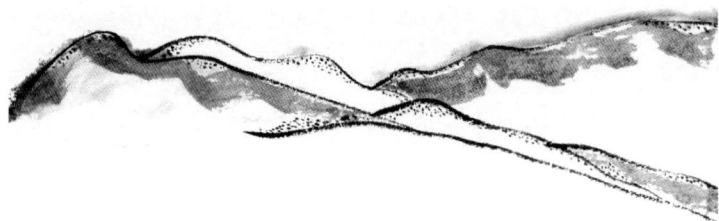

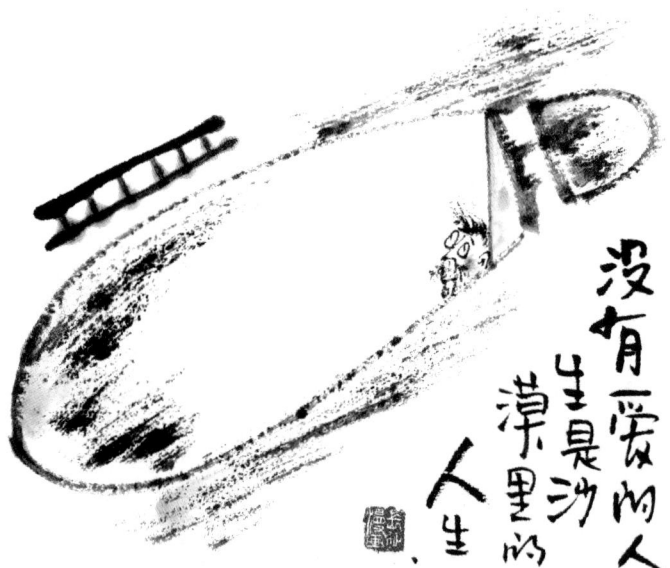

没有爱的人生是沙漠里的人生。

你的有生之年。一个人就是一个能源，人的一生就是燃烧，就是能量的充分释放。能量应该发挥出来，燃烧愈充分愈好。从无光热，不燃而去，未免是一个遗憾；而刚一冒烟儿，就怠工熄灭了，能不痛苦吗？

人生就是生命的一次燃烧，它可能发出美轮美奂的光彩，可能发出巨大的热能，温暖无数人的心，它也可能光热有限，却也有一分热发一分光发一分电，哪怕只是点亮一两个灯泡，也还照亮了自己的与邻居的房屋，燃烧充分，不留遗憾。而如果你一直欲燃未燃，如果你受了潮或者发生了霉变，那就不但燃烧不好，而且留下大量的一氧化碳与各种硫化物碳化物，发出奇奇怪怪的噪声，带来对人类环境的污染，乃至成为社会的公害，这实在是非常非常遗憾的。

也许你不能留名青史，但至少应该对得起自己的这仅有的几十年。也许你未能立德立功立言，但至少是充分发挥出了自己一生的能量。也许你的诸种努力未能奏效，例如从事艺术创作但未能被社会所承认，经商却始终未能成功，从军但终于打了败仗，但是最后"结账"的那一天，你至少可以说我已尽力了，你的失败如楚霸王垓下之战，非战之罪也。我始终不赞成以成败论英雄，我也无能帮助读者乃至我自己着着皆胜。但是至少心里应该有数，你是有志有为而且选择了正确的道路，但终因条件不具备未能大获全胜呢，还是你上来就不成样子，无志气，无作为，不学习，不努力，意志薄弱，心胸狭窄，企图侥幸，却又愤愤不平，终于一事无成。如果是前者，我愿向你致以悲壮的敬意，我还愿意把你的故事写下来，让读者为之洒一掬清泪。如果是后者，谁能纠正？谁能弥补？谁能同情？

我的长篇小说《活动变人形》中的主人公倪吾诚，在他的生命到了后期末期之时，他突然说："我的生活的黄金时代还没有开始呢。"这实在太恐怖了。一个人的成就有大有小，然而你应该尽力。尽力尽情尽兴尽一切可能了，这就是黄金时代，这就是人生的滋味，这就是人生的意义价值，这就是辉煌，燃烧的辉煌，奉献的辉煌。你尽了力，你就能享受到你尽力后的一切可能性，哪怕是"天亡我也，非战之罪也"的悲壮感和英雄主义。你享受到了尽力本身带来的乐趣，尽了力至少能得到一种充实感成就感，你也就赢得了，必然赢得了，首先不是别人，而是你自己的尊敬和满意。比如你是一枚炮弹，被尽力发射出去了，而且爆炸了，即使没有完全命中目标，也是快乐的。你是一粒树种，落到了地上，吸足了水分养分，长成了树苗，长成了大树，即使没能长到更大就被雷击所毁，你也可以感到某种骄傲。你的形象是一株树的最好的纪念碑，你的被毁至少是一次大雷雨的见证，是一个悲剧性的事件。人生是一个过程，是一个时间段，是一次能量释放反应，重在参与，重在投入，重在尽力。胜固可喜，败亦犹荣耀，只要尽了力，结账时候的败者，流出的眼泪也是滚烫的与有分量的。而没有尽力，蹉跎而过，那可真是欲哭无泪了。

最好的人际关系

. . .

"人性恶" 不一定只属于别人

·
·
·

　　从这里铺展开来，我想说说人际关系的事。中国是一个人口大国，中国实行的社会制度是社会主义的，中国比较缺少相互保持距离各自尊重隐私的传统，中国人的生活可能有许多缺憾，但是有一条，绝不孤独。我们很难设想一个人一生与别人很少往来、我行我素、自行其是地活着。再说，我们文化特别注重人与人之间的关系，许多道德绑架，例如忠，例如孝，例如信，例如义和礼等，都是首先用来规范人际关系的。我们又特别重视情面，熟人好办事是不言自明的道理。现在的人们动辄讲什么关系学，这是事出有因的。

　　人际关系又是一个人们不太愿意正视的话题，因为这种关系并不就是一起吃吃喝喝，互相照顾一下，熟人好办事之类，那样的话虽然涉嫌俗气一点，倒也无甚挂碍。人际关系最要命的首先是人际纠纷，开始也许是正常的不同意见，慢慢就变成了个人与个人之间的麻烦，你想不麻烦亦不可能。人与人的矛盾，似乎比老虎与老虎、狼与狼之间的矛盾冲突更多。现在有一个词叫"对立面"，上上下下，左左右右，到处都有人与人相对立的事实。人多了容易相互冲撞，这也是事实。一群退休职工清晨到一起练健身操或健身舞，结果也分成了两派斗了起来，这样的事我也听到过。真是够好斗的呀。在今天的社会上，谁又敢说自己与别人从来没有发生过矛盾呢？

其实很多人最怕人际纠纷，一旦陷入人际纠纷就如陷入烂泥塘大粪池，往往是跳也跳不出来，洗也洗不干净，争也争不明晰，退也无处可退。然而怕并不等于自己就可以不与别人发生关系，不等于自己可以洁身自好，出污泥而不染。而且更重要的，声称自己多么清高多么纯洁多么高尚多么雅致的人不一定就在人

幽默感是心理健康的标志。

际关系中无懈可击，不一定他或她的人际关系中的问题责任全在别人，不一定他或她就完全没有庸俗和自私，没有嫉妒和自吹自擂，没有多疑和斤斤计较，没有野心乃至于虚伪。就是说，人性恶的东西不一定只属于别人。

确实，人际纠纷问题常常最后成为一笔糊涂账，而且应该知道没有几个有分量有头脑的人物会有兴趣有闲情逸致去听取各方的诉苦——一般这种诉苦充满了添油加醋、借题发挥、避重就轻、强词夺理、任意涂抹，如果不是更坏即歪曲事实、编造谎言、信口开河、颠倒黑白的话。虽然你自己可能满觉得有理，满觉得你和你的对手的问题是大是大非之争，是道德高下之争，是维护天理良心之争，但是人家硬是没有兴趣去听你的申诉，谁也不想过分地介入你与你的对手的纷争，谁都认为进行这种没完没了的争斗是一件穷极无聊的事，这一点你自己应该有清醒的认识。

躲避"同盟"

当然也有相反的例子，有人特别热衷于你和别人的人际纠纷，没有纠纷也要找出裂缝，嗅出敌意来，这样的人是赖人际纠

粪土黄金何必分？黄金似土土似金。

纷为生的一批人，为你打探情况、出谋划策、传递消息、加油鼓劲，直到替你打头阵，冲到前头，以你这一头的敢死队员的姿态向前猛冲猛打……从而得到好处。有了这样的自愿马前卒，还愁人际没有纠纷吗？

所以，最好的选择是避开自愿为你打冲锋的人，实在避不开也要心中有数，哼哼哈哈则可，视为亲信则不可。专门招揽这样的人，专门器重这样的人则完蛋了，它证明的不过是你与这类人是一个档次、一丘之貉。

所以，像躲避瘟疫一样地躲避人际纠纷的网罩，躲避与任何人陷入无聊的个人纠纷，躲避与某某陷入结盟，与某某陷入作对才是正确的。为什么连与某某的个人结盟也要躲避呢？原因是：第一，结盟无是非，开始你们可能是由于共同的志趣共同的理念而"结盟"，结来结去，变成了小圈子，变成了"利益集团"，变成了一荣俱荣一损俱损，变成了独夫民贼大哥大邪教主所利用的工具的事实屡见不鲜。第二，由于"结盟"，你能够得到一点好处，变成一股势力，走到哪儿都能闹哄一气，你拉扯着我我拉扯着你，你给我办事我给你办事等等，这是完全可能的。但同时，成也萧何，败也萧何，搞拉拉扯扯得便宜的人将来多半会栽在拉拉扯扯上。请想一想，你的那个啦啦队铁哥们儿里头能有几个圣人能有几个雷锋？他们与你结盟其实是为了利用你给自己谋利益，他们吹你其实是为了吹自己，他们捧你其实是为了捧自己。你与他们建立了特殊关系，他们就要求你事事时时为他们办事。你团结住了一小撮，你得罪了大多数，他们做了坏事，你得替他们背着，他们挨了骂，你得替他们顶着。

再说，什么叫狐假虎威？一旦你与他们结了盟，他们就会以你的亲信你的同伙你的弟兄的名义到处胡作非为，这一点真是防不胜防，而且他们动不动就会内讧，就会因为利益分配不均而相互咬起来，有多少能人干将毁在了所谓"自己人"手里！还有，愈是"小人"愈容易与各色人等闹矛盾，今天他祸害了张三，明天他埋怨起李四，你怎么办？他们不可能理解你的任何阔大一点的思路，他们的逻辑是我为你两肋插刀，你就得与我同仇敌忾。没有几日，不弄成个小山头小圈子才怪！靠小圈子而闹哄一气者多矣，靠小圈子而成大事而获得真正的成就真正的胜利者未之见也。

在人际关系上搞结盟还因为爱欲生嗔怒，嗔怒变仇恨的事屡见不鲜。为私利而聚在你身边的人愈多，同样为私利（得不到满足）而脱离你而化友为敌而怨你恨你的人就愈多。单纯建立在利害关系上的关系，盟友就是候补对手。此乃至理名言。

记住：人际关系永远是双向的

:::

这样说并不是说你一生没有朋友，没有志同道合的合作者。这样的友人，第一不是绝对的，不是黑社会小集团，不是亡命徒的结合，就是说它不应该具有一种排他性。今天我们意见一致，我们尽量合作，明天意见不一，或者你突然觉得与我一道做事有某种不便之处，自可各行其道，绝不反目成仇。你此一点上与我一致，故能相合相助，这当然好；另一点上与我处境不同故而与我不一致，这也是很正常的事。比如你有你的经验，你认定了 A 先生品质恶劣难以相处，因之你选择了与 A 远远拉开距离的态度。他或她由于实力不支，由于在 A 屋檐下不得不低头，由于有求于 A，便去向 A 讨好靠拢，你怎么办？因此你就认定他或她背叛了与你的友谊了吗？因此你就与他或她绝交了吗？我看大可不必。好的办法，是对此种情势你可以心中有数，可以避免在与他或她的交往合作中过多地谈及 A 的问题，同时看到人各有情况，

商榷是通往真理之路。

人各有志，人各有方法，杀猪捅屁股，各有各的门道，剃头使锥子，一个师傅一个传授，鹰有鹰的道，蛇有蛇的道，你为什么要强求别人与你的选择绝对一致呢？

记住，人际关系永远是双向的、相互的。你要求人家事事跟着你，你就得事事维护人家。让人家为了你的利益而不怕牺牲哪怕是一时放弃自己的利益，那么你就必须有为了人家的利益而不惜得罪你不想得罪的人的思想准备。你不能承担的义务，最好不要要求别人为你而承担，你不想做的牺牲，最好不要动辄让别人为你做出。尤其是一些自作聪明而又极不正派的人，最最感兴趣的就是让别人为自己冲杀，为自己与对手缠住、不松手，自己隐蔽在背后充好人，其实这都是一厢情愿的鬼算盘，最后赔了夫人又折兵的仍然是自己。再如，你希望一些人对你恭恭敬敬五体投地，那么你对旁人能不能先人后己，吃苦在先享受在后？

人际关系又永远是可变的、不羁的。今天蜜里调油，明天也可能出现裂缝；今天配合默契，明天也可能三心二意。与旁人的关系好固然可喜，出现了裂痕出现了困惑出现了猜疑也不必痛心疾首，更不要急火攻心、气急败坏，而大可付之一笑，视为自然。千里搭长棚，没有不散的筵席，好来好散，君子之交也。

这里说的是不要搞小圈子，借一个词就是说不结盟。其次一个经验是不要投靠。我的态度是：我尊重每一位领导，但是不投靠；我善待每一个朋友，但是不拉帮结派。

在一个人治色彩尚未绝迹的社会里，与领导的关系、给领导的印象至关重要，这是不言而喻的。但是这方面稍稍做得过一点就会成为奴颜婢膝溜须拍马，为正人君子所不齿。这首先是一个形象问题，而一个形象恶劣的人的成功必然为自己的形象所制约，这是其一。其二，投靠者也能给投机取巧者带来某种利益，但也带来了巨大的风险。第一险是站错了队，你不正派而能够投靠成功正说明你所投靠的那位人物也不够正派至少是不够严格，你的与之俱荣的希望也可能最后产生的是与之俱损的结果。所有的不正派的人际关系都可能遭到腹诽，遭到批评，遭到弹劾，遭到查处，遭到恶报。君子坦荡荡，小人长戚戚，这也是一个方面。你的不正派的做法必然会付出不轻的代价。其三，你投靠A，他投靠B，于是你成了A的人，他成了B的狗。当权势者变A为B的时候，你的下场如何还用问吗？树倒猢狲散，当A或栽倒或退下以后，你的除了投靠别无长技的处境，还能有什么好结局吗？其四，你把时间花在难登大雅之堂上头了，你的心理承受能力支付在处理这些不正派的关系所面临的巨大心理压力上了，你还能有多少真本事，你还能有多少健康和长寿？

让我们讨论一个问题：正常的对于旁人的尊重和善意与不正派的投靠和拉拢的区别界限何在呢？这里第一是道德原则。你的所有尊重和善意是合乎道德的吗？第二是良知原则。你的哪怕是讨好你的老板你的上司你的部属你的朋友的做法，有没有令你的良知感到不安的东西？第三是合法原则。你对某某人好，你的好有没有与法律准则相违背的东西？第四是公开原则。你与某某关系好，你敢不敢公开承认你们有友好的知己关系？就是说，你的人际关系的各种细节，有没有不可告人之处？第五是尊严原则。

你是怎么样来尊重旁人和施惠于旁人的？你是否在人际关系中维护了自己和对方的尊严？你与旁人的关系中有没有有损于自己的人格或他人的人格的行为语言？最后是不苟树敌、不苟斗原则。力图自己有良好的人缘，力图得到更多的人的好感，这是可以理解也可以允许的，但是动不动拿旁人当对立面，动不动人前人后攻击旁人，传播对旁人不利的流言蜚语，乃至动不动打报告写告状信煽动一些人为你冲锋斗争，则是不可取的，应该说那是可恶的下流的与可耻的。种瓜得瓜，种豆得豆，有人与你意见不一致想法不一致，这是很普通很正常的事，不一定就是你的敌手对手，而你如果采取一种恶棍式的至少是杠头式的态度，如果你好斗，动辄气急败坏、每事必争、神经兮兮，你收获的也只能是批评、反感、反击、厌恶、孤立、绝望、天怒人怨而又是怨天尤人，叫作六月的韭菜——臭一街。

最好的人际关系是"忘却"

　　归根结蒂，叫作与人为善。是的，我们也会碰到无事生非的人，制造谣言的人，嫉贤妒能的人，偏听偏信的人，以及各种以权谋私、以势压人、阴谋诡计、欺骗虚伪等。也许你确实是与人为善，但是你的善未必能换回来善，须知任何创造性都是——客观上是——对于平庸的挑战；任何机敏和智慧都在反衬着愚蠢和蛮横；任何好心好意都在客观上揭露着为难着心怀叵测；而任何大公无私都好像是故意出小肚鸡肠的人的洋相。你做得越好，就会有人越发痛恨你。这是不能不正视的现实。

　　人们在碰到不尽如人意的人和事以后常常会感叹世情的险恶，人心的险恶。然而，应该如何对付这种险恶呢？

　　一种是以痛恨对恶。以为自己与自己的小圈子乃清白的天使，以为周围的一切人是魔鬼和恶棍，于是整天咬牙切齿，苦大仇深，气迷心窍，不可终日。这是不可取的，因为这第一是神经病，第二是以恶对恶，本身就已经恶了，本身就已经与他或她心目中的魔鬼恶棍无大异了、趋同了。

二是以疑对恶。嘀嘀咕咕，遮遮掩掩，患得患失，犹豫不决，生怕吃亏上当，总觉得四面楚歌。结果可能你少吃了两次亏，但更失掉了许多朋友和机会，失掉了大度和信心，失掉了本来有所作为的可能。这是没有出息。

三是以大言对恶。以煽情对恶，以悲情"秀"对恶：言必称险恶，言必骂世人皆恶我独善，世人皆浊我独清；言必横扫千军如卷席；言必爆破多少吨的 TNT。

四是以消极对恶。一辈子唠唠叨叨，神神经经，黏黏糊糊，诉不完的苦，生不完的气，发不完的牢骚，埋怨不完的"客观"。到了生命的最后一息了，他或她已经是一事无成地定局了，还在那里怨天尤人呢。呜呼！

学习是一种坚持，一种固守，一种节操，一种免疫功能。

那么，我们能不能做到，保持干净更保持稳定，保持操守更保持好心情，保持正义感更保持理性，保持有所不为有所不信更保持与人为善呢？许多时候，绝大多数的人还是好的，至少是正常的。这样说由于过分正常，但也会使得"愤青儿"们暴跳如雷吧？而我始终认为，多数情况下，绝大多数人，他们对待你的态度取决于你对他们的态度。至于说到他们的毛病，不见得一定比你多，即使是常常不比你少。无论如何，我们可以努力做到使自己变成一个和善的因素，安定的因素，团结的因素，文明的因素，而不是相反。我们可以努力做到心平气和，冷静理智，谦恭有礼，助人为乐。而不是相反，急火攻心，暴躁偏执，盛气凌人，四面树敌。即使一时不太了解的人，只要不是涉嫌刑事犯罪，而你又没有领到刑侦任务，那么还是友好待之为先。对陌生人不可有恶意，不可有敌意，不可以无端怀疑，不可以拒人于千里之外。更不可以出口伤人，随意中伤，到头来只能暴露自己的幼稚与低级。

甚至对那些或某一个对你确实是心怀敌意乃至已经不择手段地搞起你来了的人，你也可以反躬自问，我们自己有什么毛病？有什么使他或她受到伤害的记录？有没有可能消除误解化"敌"为友？还要设身处地想想对方也有情有可原之处。进一步想，对方之所以险恶，不无背景来由。从另一方面想，险恶的心情和弱势的处境很可能有关系。见了草绳当蛇打，只因十年前他或她被蛇咬了个半死。再从自身方面看，嫉恨得如毒如鸩如蛇如蝎，想必是你成绩太大名声太大得到的东西太多至少是比他或她多，难怪了！而对方对你下毒手，正说明了对方的绝望。从远景看，一切个人的嫉恨怨毒，一切鼓噪生事，一切签名告状也好，流言蜚语也好，棍子帽子也好，在一个大气候相对稳定的情势下，作用十分有限，可能起的是反作用。你见怪不怪，其怪自败。大可以正常动作，平稳反成好心态，不受干扰，让各种事务按部就班地前进，让你的生活按照既定的轨道前行。或者更简单一点，暂时不予置理就是了。你那么忙，那么有工作有学习有写作有业务有使命感也有无限的生活乐趣在身，怎么有可能去奉陪那些日暮途穷，再无希望，只剩下了在与假想敌的斗争中讨生活的专业摩擦户呢？

当然，不是说任何人你不理他就没事了，也有没完没了地捣乱的骚扰的。但是我们日常说的"一个巴掌拍不响"，我的经验是至少有七分之六即85.7%适用性，即你那个巴掌不动作的话，他也就蔫了。另有14.3%，对他们你只是不理，只是做好好先生是不行的，他逼着你向他露出牙齿，给点教训，给点颜色才罢休。我们不能因为有14.3%的人需要教训便去奉陪那85.7%的人的纠缠，那太浪费精力了，也不能因为有大多数可以用不予置理来解决便放松了对于那14.3%的人的回应。

对那14.3%的讨厌者，必要时，看准了，找对了，在最有利的时机，你也可以回击一下。但这绝非常规，偶一为之则可，耽于此道则大谬矣，误了正事矣，误了建设中国特色的社会主义矣，也误了你的人生的明朗航行——只因跌进了阴沟矣。这类事只能是自卫反击，点到为止，及时撤退，爱好和平。所以有这样的分寸，所以讲究适可而止，固然与矛盾性质有关，与与人为善的总出发点有关，也与我们对自己的力量的清醒估计有关。不要以为自己能够改变很多人很多事，不要以为自己占了理就能消灭谁，不要以为自己的成绩辉煌就能掩盖住别人的哪怕是小小的恶劣。手大捂不过天来，世界不只你一个人居住。尤其是不要迷信争论与批判的效用，即使是道理如长江之水，气势如泰山之峰，言语如利剑如炸弹，权威如中天白日，你批完了讲完了他听不进去还是听不进去。多数情况下你个人能够做到的只是说出你的观点令不那么偏执的人知道世上不仅仅有那么一种观点。反复矫情难有大用，反复争论只能误事。这样，你能够做到达到的都是有限的，你永远不要指望君临一切一派欢呼的那一天，真有那一天也极无聊极靠不住。特别是内部的争论斗争，常常是斗了个够，最后无结果而终。势不两立也可能有一天化干戈为玉帛。非争出个水落石出来不可的结局往往是不了了之，一笔糊涂账。用一位领导的话来说，叫作两人斗了几十年，最后两人死了悼词也都差不多。说来归齐还是要看谁更以大局为重，谁更能团结人。切不可逞一时的意气，摆一副一贯正确的霸王架子，其后果很可能是鸡飞蛋打，一事无成，孤家寡人，向隅而泣。

所以说了这么多，其实最好是从根本上忘记人际关系之说，忘记关系学。就关系求关系，只能走向穷途末路，贻笑大方，小里小气，俗不可耐。而一个人只要专心学习，努力工作，真实诚信，与人为善，平等待人，健康向上，群众关系人际关系自然能好，一时有问题受误解也不过是小小插曲小小过门。关系是副产品，是派生出来的东西，是自然而然的东西。对待关系宁肯失之糊涂失之疏忽，也不要失之精明失之算盘太清太细。

不要讨人厌

世上的人不但有好人和坏人的区别，也还有讨厌与不讨厌的区别。讨厌的人中最常见的一种就是那些自视高得离了谱，顽固不化，见人就表白自己攻击旁人，一点歪理啰里啰唆不停地自我重复，不管旁人爱听不爱听总是滔滔不绝，永无休止地侵占别人，从精神上强奸别人要挟别人的人。我衷心祝愿这些人有一点哪怕是最无聊的爱好，请他们多玩儿几次麻将多和几次一条龙吧，请他们多玩儿几次打百分多钻几次桌子吧，请他们多吸几包烟多喝一点二锅头吧，只要减少一点他们的诉苦牢骚加牛皮哄哄就行。哪怕是多搞一点不正当的男女关系呢，那种事毕竟牵扯的面不太大，搞得太过分了还有法律和道德舆论管着他们，只要他们少一点牛皮和攻讦，少一点庸俗和自说自话。要知道民间的俗话，叫作："吹牛皮不上税！"

个人爱好的另一面带有学习和丰富自己的性质，例如造书、人生一世，最要紧的恰恰是"耐心"二字。

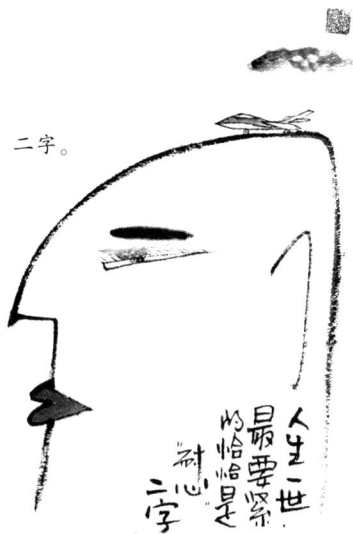

人生一世
最要紧
的恰恰是
"耐心"
二字

欣赏音乐美术戏剧和比较有品位的影片等艺术作品、集邮旅游、收藏等，这其中的乐趣与知识是无穷的。有的爱好与健身活动有关，如某种球类活动、登山游泳、跳舞等。我从小身体情况不好，但我一直喜欢锻炼身体，长大后更嗜游泳。我多次与人说过，我的最高享受最大愿望就是夏日在海滨，上午写作，下午游泳。真是赛过活神仙呀！

还有的爱好也能改善自己的生活环境与生活条件。即使"文革"中我在新疆过着艰窘的生活，但仍然时不时改变一下房间布置，学着烧几样小菜，换换窗帘门帘，给自己一点新鲜感。当然最大的爱好就是生活，生活是奇异的和有趣的，是包含了许多可能性的。

　　甚至比较不算健康也不算高级的爱好也多半是有比没有好。如找朋友一起畅饮几杯，如玩儿牌，如聊天，愈是在不愉快的时候愈要有办法愉悦自己，不能使自己快乐，也要想办法转移自己的注意力，哪怕只忘掉那最不愉快的事十五分钟。有了十五分钟的忘却，就有可能再平静一个小时，而再平静一个小时的结果也许能绝处逢生，也许能从黑暗中看到光明看到希望，说得夸张一点，也许这是改变你的世界观的开始，是你的命运转折的开始。

求诸人莫若求诸己

·
·
·

在这里我想从人际纠纷扩展到无为的命题。无为是一种艺术，是一种境界，不限于在人际关系人际纠纷问题上。但我们可以从这个领域说起。

在人际关系上有时我们也会碰到相当令人困惑令人烦恼的麻烦。比如有人嫉妒你的成绩，比如误解你的为人，比如恶人的敌意，比如无知的与幼稚的起哄，还有在我们国家相当发达的流言蜚语等等。

愈是有不错的记录就愈容易被很多人寄予希望，而期望值愈高也就愈容易达不到要求而令某些人失望。愈是记录好也就愈容易被人众注视追踪，被求全责备，容易被发现缺失。愈是有影响还愈容易被雄心勃勃的正在破土而出的后辈视为赶超和破除迷信的对象，视为跳高时必须逾越的标杆，视为对手，视为开始新篇章时必须破除的障碍。有理三杆子，无理三杆子，你总会成为被议论被挑剔的人物。所有这些都是人之常情世之常理，不足为奇，不足为病，更不要一碰到这种事就悲壮起来，不要动辄以鲁迅自命，自以为如何地不被理解，如何地需要横站，如何地至死对某些人也不能原谅。这样的悲壮不但不利于身心健康，也不利于客观地公正地对待不同的声音不同的意见，弄不好还有点像闹剧。

这里更更重要的是，愈是——自以为是或被认为是成功者就愈可能犯这样那样的错误，他们容易或比较地容易自以为是，自以为洁，比较容易指点江山，挥斥方遒，一件事弄得清明一点竟误以为自己无所不知什么事都能弄明白；一件事做成了竟误以为

也许我们不乏意志，但是我们还需要智慧和耐心。

自己什么事都能做成，自我封闭地论证得小葱拌豆腐一清二白，便误以为自己已经独得真理之秘而赋有解谜释惑的伟大使命，关起门来激动了一家伙，便自以为已经崇高伟大了个不亦乐乎。人这一辈子最容易犯的错误有两条，一曰以己贬人，二曰以己度人。第一条就是过高估计了自己，而过低估计了旁人。第二条以为自己的好恶就必然是别人的好恶，自己的标准就是别人的标准。现在主要谈第一个问题，即以己贬人。

包括许多伟人，他们很少有因为过低估计了自己而该胜利没有胜利的，很少有畏缩不前谦让过度的，而多半是习惯了叱咤风云扭转乾坤，却在一些需要谨慎细致地处理，需要循序渐进的事宜上把事情做砸。就是说，叱咤风云易，循序渐进难；开场红火易，结尾周全难。看人毛病易，看己毛病难；有知人之明已属不易，有自知之明则更是难上加难。胳膊肘总是往里拐，自己总是心疼自己，许多情况下人际关系上出了问题哪怕是被嫉妒被中伤，但毛病有相当程度是出在自己身上，可惜的是少有人能反求诸己也。

恋战"扬己"莫若"拿出货色"

．
．
．

　　当然，我无意在这里提倡打你的左脸的时候干脆也献出你的右脸，我无意提倡唯和论或者什么阶级斗争熄灭论，我也无意回到我们讨论的起点，即人际关系是肮脏的事情，我们应该清高地转过脸去。你应该有所了解，你可以有所武装，有一定的防御能力与防御准备，你用不着怕任何不正派不理性不讲道理的气迷心或者是嫉迷心，你可以进行正当自卫正当自卫反击，必要时也可给某些欺软怕硬者以留下深刻印象的颜色，尤其，我不反对你顺手一击。就是说你在做自己正业的时候在叙述自己的正业的时候不妨顺手给干扰者一点回敬，其实你的成绩已经是最好的回敬，你回敬某些人时可以不点破他，也可以偶尔点而破之出一出干扰者的洋相。但这些只能偶一为之，只能偶一玩之，不可认真，不可恋战，不可与不值得纠缠的人纠缠，不可将抗干扰的正当防卫变成自己的职业正业，更不要把这种事变成趣味爱好，这不是下棋，不是麻将牌，一点也不好玩儿。但也不必认真地悲壮起来，见糟粕而糟粕之，见小气者而促狭之，见恶劣者而恶劣之，点到为止，已经够他或她喝一壶的啦。

也不要动辄在人际矛盾中自比鲁迅，须知鲁迅有鲁迅的环境，那是革命前夜，那是真正需要以阶级斗争为纲的革命高潮时期，那是天下未定乱世英雄起四方的时期，那是一个悲壮的时代悲剧的时代，那是方志敏和瞿秋白、江姐和李大钊的时代，鲁迅大师的所有的大大小小的出击和自卫都是整个革命高潮的一个组成部分，都是方兴未艾之间的惨烈变革的一部分，都是中华民族的英勇悲壮斗争的一部分，都是天翻地覆慨而慷、敢教日月换新天的历史创造的一部分，那可不是耽于人际关系人际争斗的结

有时间就有希望，没有时间再好的事又能怎样呢？

果，可别闹误会了定错了性以小人之心度大家之腹。而今天，双方都动辄自比鲁迅，极"左"极右极愤激极自大的人都可能举鲁迅大旗，以及少数人举着鲁迅大旗搞张扬自我剪除异己的私战，则不免更多的是闹剧色彩啦。

在这里，第一，关系学有用，但用处相当有限。一个人的是非功过及成就大小毕竟有一个客观的尺度，自吹自擂也好，贬低旁人也好，炒作推销也好，其作用不可能超出客观的尺度太多。谁都不是傻子，不都是见什么广告就信什么的弱智儿童。能够贬而低之的本身一定就不太高，贬了半天硬是贬不下去，那才见了功夫。过分的关系学炒作学，操作时间一长就会起到反作用。

第二，人的青春有限，最好的时间有限，精力智慧都有限。你把精力都放在搞好关系上了，都放在反击干扰上了，这本身便成了你的事业你的工作的最大干扰了，你还能有多少过人的成绩？永远不要忘记，反击干扰只是手段，不是目的，目的是做出成绩做出建设拿出成果拿出货色，有成绩没有好评固然可悲，有好评却没有成绩就更可耻可鄙。

第三，在人际关系的合纵连横之中，一个人暴露的往往首先不是自己的对立面的弱点而是自己的弱点。你的急功近利，你的逐名求利，你的吹嘘炫耀，你的嫉贤妒能，你的圈子山头，什么都表现出来了，自己还没觉察到呢！也许你的关系学操作能损人一分，但很可能同时损己两分；也许你的操作能扬己一分，但同时又抑己两分。这样的事例还少吗？

"饥饿效应"与"陌生化代价"

在人际关系问题上不要太浪漫主义。人是很有趣的,往往在接触一个人时首先看到的都是他或她的优点,这一点颇像是在餐馆里用餐的经验,开始吃头盘或名冷碟的时候,印象很好,吃头两个主菜时,也是赞不绝口,愈吃愈趋于冷静,吃完了这顿筵席,缺点就都找出来了,于是转喜为怨,转赞美为责备挑剔,转首肯为摇头。这是因为,第一,开始吃的时候你正处于饥饿状态,而饿了吃糠甜如蜜,饱了吃蜜也不甜。第二,你初到一个餐馆,开始举箸时有新鲜感,新盖的茅房三天香,这也可以叫作"陌生化效应"吧。

和人的关系也是有这种饥饿效应或陌生化效应的。一个新朋友,彼此有意无意地都要表现出自己的最好方面而克制自己的不良方面,后者例如粗鲁、例如急躁、例如斤斤计较……而一个新朋友就像一个新景点一个新餐馆,乃至一件新衣服一个新政权一

嘉峪关前风嗥狼，云天瀚海两茫茫。边山漫漫京华远，笑问何时入我疆。

样，都会给你的生活带来某种新鲜的体验新鲜的气息，都会满足人们的一种对于新事物新变化的饥渴。结交久了，往往就是好的与不好的方面都显现出来了——当新鲜感逐渐淡漠下来以后，人们将必须面对现实，面对新事物也会褪色也会变旧的事实，面对求新逐变需要付出的种种代价。

坚持浪漫主义的人际关系准则，在小说或者诗歌里可能是很感人的至少是很有趣的，比如发现某人庸俗时立即与之割席绝交，初见一个人听完一席话便立即拔刀相助或叩头行礼，但在实际生活中这种极端化与绝对化的做法就给人一种不明事理、化解不开的感觉，这也正如鲁迅所说，你演戏的时候可以是关云长或林黛玉，从台上下来以后，你必须卸掉妆变回来成为常人，否则就是矫情欺世了，如果不是精神病的话。

了解了这一点，也许我们再碰到对于新相识某某某先是印象奇佳，后来不过如此，再往后原来如此，我们对这样一个过程也许应该增加一些承受力。

与其对旁人要求太高，寄予太大的希望，不如这样要求自己与希望自己。与其动辄对旁人失望不如自责。都是凡人，不必抬得过高，也不必发现什么问题就伤心过度。

不要以为自己就是尺度

·
·
·

　　人最容易犯的错误有三个：第一是过高地估计了自己的力量，过低地估计了与自己不同的人的力量。第二是以自己为尺度衡量旁人。第三是面对严重的问题常常抱侥幸心理。

　　现在谈第二个问题，即以自己为尺度的问题。说来有趣，你所喜爱的，你以为旁人也喜爱；你所恐惧的，你以为旁人也恐惧；你最厌恶的，你以为对旁人也十分有害。其实，事实往往并非完全如此。

　　我曾经竭尽全力地把我年轻时候喜欢唱的歌、喜欢读的书推荐给我的孩子们，孩子们嘲笑我唱过的"胜利的旗帜，迎风飘扬"和"灿烂的太阳，升起在东方"之类的词，他们说："您那时候唱的歌的歌词怎么这么水呀？"我感到奇怪，因为我觉得他们唱的歌的歌词才不成样子呢。直到过了很久了才悟到，一代人有一代人的歌，他们有时会接受一点我的所爱，但是他们毕竟有

自己的所爱。生活在不同的时代不同的背景下面，不可能各方面
都一致。

我发现人的这种以自己的好恶为尺度来判断事情的特点几乎
可以上笑话大全。一个母亲从寒冷的北方出差回来，就会张罗着
给自己的孩子添加衣服。一个父亲骑自行车回家骑得满头大汗就
会急着给孩子脱衣服。父母饿了也劝孩子多吃一点，父母撑得难
受了就痛斥孩子别多吃。父母寂寞了责备孩子太老实太不活泼。
父母想午睡了越发觉得孩子弄出的噪音讨厌。父母想读书了发现
孩子不爱学习。父母想打球了发现孩子不爱体育。父母烦心的时
候就更不必说了，一定是更看着孩子不顺眼了。

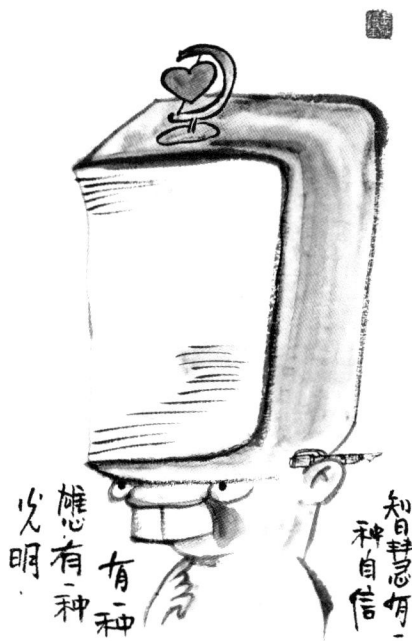

智慧有一种自信，
有一种雄心，有一种
光明。

　　上一代人对下一代人的消极评价，究竟有多少是靠得住的？有多少是以己度量人度量出来的？反过来说，下一代人不是也以自身当标尺吗？当他们看到上一代人已经发胖、已经白发、已经少懂了许多新名词的时候，他们是多么失望啊。你怎么不想一想，老一代也大大地火过呢。英语里有一句谚语："Every dog has it's own time（每一条狗都有它自己的时代）."上了年纪的人与年轻人之间，多么需要更多地相互了解。

　　我无意用简单的进化论观点来认定新的一代一定胜过上一代，但是至少，人们是发展变化的，社会是与时俱进的，科学技术、思想理论、生活方式直至价值观念都是不断发展变化的。你高兴，认为它越变越好，它会变化；你不高兴，断定它越来越坏了，它照旧变化。你给以很高的评价，它要变；你评价极差，认为是一代不如一代，全是败家子，它也要变。这里我不想轻率地对这种变化作出价值判断，前人的许多东西都是需要继承需要珍惜的，后人的变化中在得到进步得到崭新的成果的同时也会失去一些好东西，付出一些也许是太高太过分了的代价。但是想让下一代人不发生任何变化是不可能的，只有理解这些发展变化，才能占据历史的主动性，才能取得教育或影响下一代的主动权，也才能赢得下一代人的信赖和尊敬。同时年轻人也只有把前人的一切好东西继承下来，才有资格谈发展和创造。

我的处世哲学

我的处世哲学

∶
∶

　　我没有受过完好的学校教育，所读书卷也很有限。有时承蒙不弃，被认为还有点什么思想见解，并不随波逐流者也，首先是得益于生活实践的启示与好学好问的感悟。

　　就是说，我承认"实践出真知"的基本命题，同时也不否认基本之外的例外与变异。

　　马上就是我的六十岁生日了，积一个甲子之经验，我能够告诉读者们一点什么呢？

　　第一，不要相信简单化。

　　我到处讲一个意思：凡把复杂的问题说得小葱拌豆腐一清二白者，皆不可信；凡把解决复杂的问题说得如同探囊取物，易如反掌者，皆不可信；凡把麻烦的事情说成是一念之差，说成是一人之过，以为改此一念或除此一人则万事大吉者，皆不可信。

　　主要矛盾解决了，次要矛盾也就迎刃而解了——说实话我这一辈子还没怎么碰到过这么便宜的事情。大多数，绝大多数是主要矛盾解决了，次要矛盾反而更加突出激化、更加麻烦了。

所以我虽然赞扬针灸，却不相信点穴和咒语。

我知道世上没有万能药方，所以我也不为某味药的失灵而气恼或反目为仇。我常常不抱非分的期望，所以也很少过于悲观绝望。

第二，不要相信极端主义与独断论。

世界上绝对不是只有黑白两种颜色、善恶两种品德、敌我两种力量、正谬两种主张、资无两个阶级。

要善于面对和把握大量的中间状态、过渡状态、无序状态与自相矛盾的状态、可调控状态、可塑状态等等。

世界上的事情绝对不是谁消灭了对方就可以天下太平光明灿烂。动不动把自己树成正确正义一方，把对方扣成错误乃至敌对一方，动不动想搞大批判骂倒对方——不论是依势的甲批乙还是迎潮的乙批甲，都带有欺世盗名自我兜售的投机商味道与小儿科幼稚。要学会面对真正的大千世界而不是只"面对"被某种意图或者理论过滤过改绘过的简明挂图。在没有绝对的把握的大量问题上，中道选择是可取的，是经得住考验的。

第三，不要被大话吓唬住。不要被胡说八道吓唬住。不要被旗号吓唬住。

因了发明一句话而搞得所向披靡者，多半大有水分。大而无当的论断下面不知道有多少漏洞和虚应糊弄。

过犹不及。过于伟大或过于卑微，过于高明或过于愚蠢，过于奇特或过于陈旧的话语，都值得怀疑。

大块文章皆胜景，逢源蜀道过蓬莱。

不要陷于标签与旗号之争，不要认为一划类一戴帽子就可以做出价值判断。不要以为一划类一判决世界就井井有条了——多半是相反，更加歪曲了。

戴上桂冠的也可以是狗屎，扣上屎盆子的也可能冤枉，这是一。桂冠云云可能本身就不可贵，盆子云云可能本身就不丢人，这是二。同一个类属或概念之下可能掩盖着各种不同状态以至于性质，这是三。你的分类法本身就没有被证明过，你的划类术又极低智商，因此不足为凭，这是四。

要善于使用概念而不是被概念所使用所主宰。

一般地说，在没有足够的根据的情况下，在常识与大言之间，我选择前者。但我也绝不轻率地否定一种惊人高论。对后者我愿意抱着走着瞧的态度。

第四，不要搞排他，不要动不动视不同于自己的为异端。

特别是在文学与艺术问题上，以及在许多问题上，宁可相信别人与自己都是处于瞎子摸象的过程中，人们各有道理又各执一词。世间的诸故事中，没有比瞎子摸象的比喻更深刻更普遍更给人以教益的了。

所以，多年来我坚持一种说法：可以党同，慎于或不要伐异。最好是党同喜异，党同学异。可以老王卖瓜自卖自夸，不要王麻子剪刀别无分号。提倡多元互补，不要动不动搞你死我活。

我致力于提倡与树立建设性的学术品格。多数情况下，我主张立字当头，破在其中——立了正确的才能破除也等于破除或扬弃谬误的。事实已经证明，没有立场没有建设的单纯破坏，带来的常常只能是示范、混乱、堕落，这种真空比没有破以前还糟糕。

第五，所以我提倡理解，相信理解比爱更高。

甚至于批评谬误，也要先理解对方，知道他是怎么失足，怎么片面而且膨胀的，知道他的局部的合理性乃至光彩照人与总体的荒谬性是怎么表现与"结合"的。而不是简单地把对方视如妖孽。没有人有权利动不动把对立面视如妖孽、牛鬼蛇神。

我主张见到自己没有见过或弄不清楚的事情先努力去理解它体味它，确有把握了，再批评它匡正它。我不赞成那种凡遇到自己不明白的东西就声讨一番，先判罪再找理由的恶习。自己弄不懂的东西不一定就坏，对于自己闹不明白的东西明智的做法是一看二研究，不行就先挂起来。

所谓理解也就是弄清真相的意思，先弄清真相再做价值判断，这是最基本的原则。先做出价值判断再去过问真相，乃至永不去过问真相，这是聪明的白痴的突出标志。

任何人试图以真理裁判道德裁判者自居，以救世主自居，众人皆浊我独清，众人皆醉我独醒，都不要随便相信他。

所以我提倡费厄泼赖，不相信鲁迅的原意是让人们无止无休地残酷斗争下去。

所以我赞成不搞无谓的争论，对于花样翻新的名词口号，对于热点热门，对于咋咋呼呼，我常常抱不为所动所怒、静观其变、不信其邪、言行对照、比较分析的态度。

所以我常常怀疑关于自己已经发现终极真理的自我作古的宣告。

第六，我承认特例，但更加重视常态。我梦想某种瞬间，但更重视经常，我不相信用特例和瞬间来否定常态和一般的矫情，不管这种矫情以什么样的大言的形式出现。

所以我原谅乃至常常同情凡俗，认为适度的宽容是必要的。

待人，我喜欢务实的态度，我宁愿假定人是有缺点的，多数是平庸的。平庸不是罪，通俗不是罪，对于有毛病的人不必嫉恶如仇。利己也不是罪，但是不能害人。害人害国，只知谋私利，我很讨厌。

用到学术讨论上，我认为百家争鸣之中必然会有大量的浮言、偏言、陋言、"屁话"。我也说过很多次，一"百家"中，有三两家深刻而又真实的论述，也就不错了。如果你认为这个"出金率"太小，并因而废除百家争鸣，说不定离真理更远而不是更近。不能因噎废食。

我当然承认特殊，承认特例，但是我不能苟同用特例否定一般规律。例如一谈到爱就强调不能爱结核菌，一强调业务就辩驳说某位烈士并非因了业务好而伟大等，这都是无聊的诡辩。我们重视特例，我们更应该着眼于一般，着眼于群体，着眼于正常情势下的状态。宽容云云，当然指的是常态，不是指与敌人拼刺刀的那一刹那。连这种废话都要说一说，我为此深觉遗憾。

第七，求学求知方面，我重视学习语言、外族语言、哲学、逻辑和一般的数学科学常识。

我好读书看报，喜思索，常对比，愿探讨，不苟同，不苟异，相信许多真理要经过实践的检验。相信生活之树常绿。相信真、善、美各自之间与相互之间有许多相通互补之处。

我有兴趣于那些表面如此不同而实际如此接近，以及表面同属一类，实际如此不同的世间事物。看出这个，才是有趣的发现。

我特别希望能够培养自己的最不相同与相干的知识技能至少是接受欣赏的范围。例如直观的诗与逻辑的理论。例如地方戏曲与交响乐以及摇滚乐。我每天都在警惕与破除自己的鼠目寸光、故步自封，但仍然没有完全摆脱此种病魔的阴影。

第八，我重视结论，也重视方法。看一看他的方法，就可以看出他是不是以偏对偏、以暴易暴、以私易私。

我常常发现激烈冲突的双方用的是同一种有我无你的方法，抹杀事实的方法，六经注我的方法，先有结论而后雄辩的方法，乃至吹牛皮说大话装腔作势吓唬人的方法。

我得益于辩证法良多，包括老庄的辩证法，黑格尔的辩证法，革命导师的辩证法。我更得益于生活本身的辩证法的启迪。所以我轻视那种哩哩啰啰，抱残守缺，耍丑售陋，自足循环，只知其一而不知其二其三的死脑筋。

第九，在生活态度上，我喜欢乐生，喜欢对于各种新鲜与陈旧事物感兴趣。

我相信，多种多样的兴趣与快乐，不仅有利于健康也有利于学问、工作乃至处理公私事务。起码它有利于触类旁通，有利于发展想象力从而能够更好地选择，有利于举一反三，有利于从容讨论，有利于知己知彼，有利于细心体察，有利于海纳百川，有利于消除无知与偏见。

　　我最讨厌与轻视的是气急败坏，钻牛角尖，攻其一点，整人整己，千篇一律，画地为牢，搞个小圈子称王称霸。

　　第十，在知识分子的使命问题上，我主张每个人做好自己的事。只有做好自己的事才能使国家得到切实的发展，有了切实的发展才有一切。没有切实的发展而只有仓促引进的观念，成不了事。如果说我们国家有某些痼疾，那就和一个人一样，人人去给他治病，并为医疗方案问题争个头破血流，那个人是非治死不可的。人人讳疾忌医，或者反过来自欺欺人，也是不可以的。正确的方法只能是实事求是，循序渐进，注重积累，注重建设。

　　这里同样也有一个常态与非常态的问题。在非常时期，人们会扔掉自己的事，工农兵学商，大家来救亡。正像一个人应该一日三餐，这是常态，而非常态状况下，也许三天也不吃一顿饭。革命的结果究竟是让人们更多地过常态的生活呢，还是让人们都过非常态的生活呢？这本来不是一个深奥的问题。

　　第十一，在"做人"方面，我给自己杜撰了如下的座右铭：

　　大道无术：要自然而然地合乎大道，而毫不在乎一些技术、权术的小打小闹、小得小失。

　　大德无名：真正德行，真正做了有分量的好事，是不应该也不可能出风头的。

　　大智无谋：学大智慧，做大智者，行止皆合度，而不必心劳日拙地搞各种的计策——弄不好就是阴谋诡计成癖。

　　大勇无功：大勇之功无处不在，无法突出自己，无可炫耀，不可张扬，无功可表可吹。

（上述种种，大体不适用于我的文学审美观。我认为，文学艺术是人类实践活动与学术活动的补充和反拨，正是文艺活动，更需要奇想、狂想、非常态、神秘、潜意识、永无休止的探求与突破等等。以为靠初中哲学教科书就可以指手画脚文艺，着实地天真烂漫、一厢情愿。）

综合上述诸点，我想换一个比较"哲学"的概括方式来讲一讲自己多年来虽有实践却并不自觉的几条原则：

1.中道或中和原则。认同世界的复杂性与多元性。认同世界的矛盾性与辩证法。认同每一种具体认识的相对性。认同历史的变动是由合力构成，而合力的方向是沿着平行四边形的对角线——即中道——前进的。我一贯致力寻找不同的矛盾诸方面的契合点。我相信正常情势下的和为贵。

2.常态或常识原则（不否认变态和异态，而是以常态的概念去包容异、变态。所谓异、变态是来自常态又复归常态的常态的变异。是常态的摇摆振荡，最后也是常态的一种形式）。

所以我认同文化的此岸性、人间性，认同人类的世俗性，认同发展生产提高生活趋利避害的合理性。认同最大多数人的最大利益原则。认同国家、民族、社会（包括国际社会）生活与政治努力的合理性。而对各种横空出世的放言高论采取谨慎态度。

3.健康原则。什么样的是健康的，而什么样的是不健康的呢？

理性原则是健康的。气急败坏，大吹大擂，咋咋呼呼，一厢情愿是不健康的、病态的。

善意，与人为善，光明正大，胸怀宽广是健康的。恶狠狠，鼠肚鸡肠，与人为恶，动不动就好勇斗狠是病态的。

乐观原则是健康的。面对一切麻烦，不抱幻想，但仍然保持对于人、对于历史、对于人类文明乐观的态度是健康的。动不动扬言要吊死在电线杆上则是病态的。

健康原则是一种利己的与乐生的原则，但也是一种道德原则。我认同"君子坦荡荡，小人长戚戚"的总结。道德与智慧境界愈高，就愈能做愈要做那些有利于自己的与别人的身心健康的事情，而不去做那些害人害己折腾人折腾己的事情。

健康原则同样是智慧原则。智者常能更健康地对待各种问题。其例无数。

这些原则互不可分、互为条件。例如，善意是指常态，中道多半健康。

这些原则实在是太平凡太软弱太正常了，绝无惊人之处。在一个刀光剑影、尔虞我诈、艰难困苦、积怨重重的世界里，我的原则是太窝囊了。但是我坚信，人们是需要这些常识性的原则的，希望在乎这些原则而不是相反。

如此等等。我其实更偏重于经验，偏重于生活的启悟，偏重于事物的相对性方面，偏重于事物的常态常理常识方面。我实在没有什么发明也不喜欢表演黑马。而另一方面，如治学的严谨，体系的严整，旁征博引的渊博，杀伐决断的强硬，以及名词与论断的精确性方面，我都颇有弱点、疏漏。我的一些见解，与其说是学术，不如说是人生的常识。承认人生，承认常识，我们就获得了讨论与交流的基础。

生活：最好的"辞典"与"课本"

·
·
·

读书是学习。学习材料对我是非常重要的。例如学习维吾尔语，我首先依靠的是解放初期新疆省（那时自治区尚未成立）行政干部学校的课本。我从那些课本上学到了字母、发音、书写和

有反省才有超越，才有长进，才有光明，才有智慧。

一些词一些句子一些对话。另外靠的是《中国语文》杂志二十世纪六十年代的一期，此期上中国科学院社会科学学部民族研究所朱志宁研究员的一篇文章《维吾尔语简介》。后一篇文章我读了不知有多少遍，学一段，用一段语言，就再从头翻阅一遍朱先生的文章，就获得了新的体会。有时听到维吾尔农民的一种说法，过去没有听过，便找出朱文查找，果然有，原来如此！多少语法规则、变化规则、发音规则、构词规则、词汇起源……都是从朱先生的文章里学到的啊！朱先生是我至今没有见过面的最大恩师之一。当时林彪讲学毛著要"活学活用，急用先学，带着问题学，立竿见影……"等等，说老实话我倒没有以此法去学习毛著，我确实是以此法学习了"朱著"。不是朱德同志的著作，而是朱志宁研究员的"著作"，他的一篇简介，使我终身受用不尽。

是的，学习的方法是书本与实践的结合。我常常从根本上去追溯人类的语言是怎么学的？一个婴儿，不会任何语言，靠的是听，百次千次万次地听，听了之后就去模仿，开始模仿的时候常常出错，又是百次千次万次地实践之后，就会说了。会听在前，其次会说，再次才学文字。就是说，学语言一要多听；二要张口，要不怕说错；三要重复，没完没了地重复；四要交流，语言的功能在于交流，语言的功能在于生活，一定的语言与一定的生活联系在一起，一定的语言与不同的人的不同与共同的表情神态含意联系在一起。语言孤立地学不过是一堆符号而已，就符号记符号，太无趣了，所以太难了。语言生活与人联系在一起学，就变得非常生动非常形象非常活灵活现多彩多姿。比如维吾尔人最常说的一个词"mana"，有的译成"这里"，有的译成"给你"，怎么看也难得要领。而生活中一用就明白了，你到供销社购物，交钱的时候你可以对售货员说"mana"，意思是："您瞧，钱在这儿呢，给您吧。"售货员找零钱时也可以说"mana"，含意如前。你在公共场合找一个人，旁人帮着你找，终于找到了，便说"mana"，意即就在这里，不含给你之意。几个人讨论问题，众说纷纭，这时一位德高望重的人物起立发言，几句话说到了要害说得大家心服口服，于是纷纷赞叹地说："mana！"意思是："瞧，这才说到了点子上！"或者反过来，你与配偶吵起来了，愈说愈气，愈说愈离谱，这时对方说："你给我滚蛋，我再也不要见到你！"于是你大喊"mana"，意即抓住了要点，抓住了对方的要害，对方终于把最最不能说的话说出来了。如此这般，离开了生活，你永远弄不清它的真实含意。

与"mana"相对应的词是"kini"，"kini"像是个疑问代词，你找不着你要找的人时，你可以用"kini"来开始你的询问，即"kini，某某某哪里去了？"。会议一开始，无人发言，你也可以大讲"kini"，即"kini，请发言啊！"。这里的"kini"有谁即谁发言的意思。你请客吃饭，宾客们坐好了，菜肴也摆好了，主人要说："kini，请品尝啊。"一伙人下了大田或者工地或者进入了办公室，到了开始工作的时间了，于是队长或者工头或者老板就说："kini，我们还不（开始）干活吗？"这样，"kini"既有疑问的含意，也有号召的含意。那么"kini"到底怎么讲怎么翻译最合适呢？这是一切字典一切课本都解决不了的。"kini，有条件的，我们不到维吾尔兄弟姐妹里边去学语言吗?"

英语也是一样。英语不仅是一种达意符号,也是一种情调,一种文化,一种逻辑性,一种生活方式。现在有所谓逆向英语以及疯狂英语的教学,只要把有关的商业性炒作的因素剔除,它所提倡的那种从生活中学、灌耳音、大胆地讲大胆地听大胆地用,错了也不要紧的精神,那种学英语讲英语的自信,那种重视口语的态度,以及那种学一门外语时的如醉如痴如发狂的态度,都是正确的和必要的。

学习语言的过程是一个生活的过程,是一个活灵活现的与不同民族的人的交往的过程,是一个文化的过程。你不但学到了语言符号,而且学到了别一族群的心态、生活方式、礼节、风习、一种思维方式、一种文化的积淀。用我国文学工作上的一个特殊的词来说,学习语言就是体验生活、深入生活。

把语言学活是一个好的学习方法,这也是一种观念一种精神境界。不仅仅在用中学和在学中用,而且到了一定程度,用就是学,学就是用,善学者是不可能严格区分何者为学何者为用的。我们将儿童学话叫作咿呀学语,其实也可以说那是咿呀用语。做任何事情都抱一个学习的态度,也就是抱一个谨慎负责的态度、动脑筋的态度、精益求精的态度、不断提高的态度,一个津津有味、举一反三、举重若轻、融会贯通的态度。这样,学习态度与工作态度、生活态度,学习精神与工作精神,工具理性与价值理性就高度结合起来了。

惟"琢磨"方能入化境

．．．

　　化境不是一蹴而就的，然而树立这样的境界目标与没有这样的目标是不一样的。化境是一种主动状态，是一个自由王国，是一种艺术，更是一种大气，一种正道，一种品质。邪恶的人必然是心劳日拙愤愤不平的，他们进不了化境；狭隘的人必然是黏黏糊糊啰里啰唆的，也进不了化境；过分膨胀的人必然是声嘶力竭与焦头烂额的，当然与化境无干。

　　我们除了读书求知还得爱琢磨。进入化境是一个过程，是一个读书与实践相融合的过程，更是一个不断地反躬自问、探索寻觅的过程，也就是一个琢磨的过程。学习中的最大快乐就是从阅读中发现了生活实践的妙谛，闻到了生活实际的气息，从彼时彼地彼人彼问题，联系到了此时此地此人此问题，从中有所感悟，有所发现，有所启发，有所长进。实践的最大快乐就是从最日常最实际的经历中发现了验证了补充了发展了书上的知识道理学问

一个生活稳定的人会庆幸自己的处境，却也可能因生活的单调重复而闷闷不乐。

命题。通过实践，不但做了事情，也做了学问；不但长了见识，也长了真才实学。

这里最重要的是把一切实践看作对于真理的探索过程。生活无止境，事业无止境，实践无止境，思想无止境。每一次实践，每一个行为，每一项工作都有可能给你提供一点新鲜经验、新问题、新启示。足球比赛当中没有一次进球是重复别一次进球。文章的书写不能容忍重复与抄袭。没有一个病人的疾病和另一个病人完全一致百分之百。那么善于学习的人在日常的一般化的实践中，得到的当然有对于普遍有效的东西的确认和巩固，同时也得到新的哪怕是一丝丝发展，叫作得到一丝丝独得之秘。

同样，读书的过程也是一个琢磨的过程。看书本上的学问与你的哪一类学问相通，能够回答你的哪一类实际问题，不是直接回答而是间接又间接的启发也罢。

例如小说的特别是长篇小说的结构，没有什么人能够教导你该怎样去写，没有哪部长篇小说一面给你讲它的人物与故事一面告诉你我的结构是如此这般的。因为每一本和另一本另一篇小说的结构都是不相同的。但是如果你要写或者已经在写长篇小说，你总要掌握点什么，总要感觉到一些什么。我还记得我在十九岁那年开始写《青春万岁》时，正为结构的庞杂而找不到解决办法的时候，在一个周日我去当时的中苏友好协会听新唱片的音乐去了。在对交响乐的欣赏中，我突然悟到了长篇小说的结构与交响乐的结构的某些共同之处：主题、副题、发展、再现、变奏、和声、对应、节奏，这些不正如长篇小说的主线、副线、闲笔、呼应、分叉与收拢归结吗？却原来结构不仅要去分析寻找，更要去感觉它。从此，我的小说结构开始上路了。

你对周围的一切对象包括自然现象与社会现象精神现象，都是有自己的评价自己的预测的。然而，事实上，这一切对象与现象的发展变化常常不是与你的预测你的评价完全一致的。你在做一件事以前，对目标也是有一定的预测的，然而，世上少有百分之百地实现自己的目标的情势。遇到这种情况，就是学习的好机会了：为什么你错了？至少是不完全对。你听信了某种说法，以为某某人是大智大勇者，事实证明并非如此，事实证明那人比你估计得无用得多，为什么？你用尽全力做一件事情，却没有成功，另一件事你自然而然地一做；就行了，叫作有意栽花花不发，无心插柳柳成荫，那就更要琢磨一下了：为什么？为什么有些时候听其自然比硬打硬拼效果更好？

人的一生，有多少宝贵良机本来可以使你学到悟到大道大学问，可以使你大大地成长、升华、智慧和光明，而我们又有多少次错过了这样的良机，辜负了这样的天启，与真理、与大道、与智慧和光明失之交臂！

最好的学习是把读书与生活联系起来。高深的理论，玄妙的概念，奇异的想象其实仍然是从生活中升华出来的。而琐碎的日常生活里包含着许多许多深刻的道理、有趣的知识和令人豁然贯通的启发。

"最好的东西是舌头"，最坏的呢？

．
．
．

让我们举相声里关于不会说话的人的故事为例：一个人很不善于说话，一天他请客吃饭，见被邀请的客人还没有来齐，便说："怎么该来的都没来呀？"一部分已到的客人觉得不对味儿，心想莫非我们是不该来的？他们便不快地走掉了。请客者忙道："怎么不该走的走啦？"另一些客人听了不快，心想难道我们几个才是该走的吗？好吧，我们走。于是他们也走掉了。请客者更急了，连忙喊道："我说的不是你们！"最后剩下的几个客人心想，原来说的不是他们，那么说是在轰我们了，于是最后的客人也走掉了。这当然只是一个小笑话，然而它说明了语言表述的困境、逻辑的无能为力（后来走掉的三批客人其实他们的思维判断并不符合严格的逻辑规则）、不必要的修饰语（该来的、不该走的）与不直截了当的说法（我说的不是你们）的误事。从中我们不但可以考虑怎样说话更少副作用、更能被人接受，也还能体会到本或有波澜合朔望，应无血气逐浮沉。

本主义教条主义的荒谬。相声中的主人公固然不会说话，但客人们也太能借题发挥，抓住片言只字乱做文章了。做任何事情，做任何判断，都不能只从二句话一个词出发，不能以话为据而要以实际情势为据。你如果参加宴会却又不等宴会举行即退席抗议，除了考虑某一句不得体的话语以外，至少应该考虑一下请客者的全部状况与那里的主客关系全貌。话是个有用的东西，话又是个害人的东西。《伊索寓言》里早就说过世界上最好的东西是舌头，最坏的东西还是舌头。我国古人也早就体会到了这一点，所以孔子"述而不作"，老子讲"道可道，非常道"，他们都注意保持潜在言语的活性，禅宗也不用言语乃至贬低与排斥言语。我们的古人强调"得意而忘言"，强调"言有尽而意无穷"，这也是很深刻很高明的。

琢磨才能如古人所说的读书明理。读书而不明理，就只能一头雾水，"问以经济策，茫如坠烟雾"。明理而不读书，就只能满足于浅俗的小手小脚雕虫小技。把生活当作一部大书读，把一本本书当作生活的向导和参考，当作谈话和辩驳的对象，那么，学习也罢，生活也罢，一切将变得多么有趣！读书明理，与时俱进，书有尽事有尽而思无穷用无穷，置于明朗之境，立于不败之地，这样离化境也就越来越近了。

寻找教你的师傅

. . .

　　举一个最最简单的例子，同样一件事，找同样的人去办，有的人去办就办不成，有的人去办就办成了，这从书本上是找不到答案的。你只有善于寻找，善于思索，善于分析，善于体察，你

安详方能静观。

才会渐渐懂得如何办事如何去接触陌生人，如何赢得旁人的信任和好感，如何去"求人"，如何向人说明自己的需要和来意，如何暗示自己也可以有助于他人等等。

过去美国有人写过处世奇术之类的书，也译成过中文，但是，第一，美国的处世奇术不一定适合中国；第二，一旦处世有奇术而且能把奇术写出来译出来，这些奇术只能是末流，只能是皮毛，只能是瞎掰，如果不干脆就是骗局的话。

这种人际关系方面的"经验总结"也可能搞得水平极低，搞得很片面直至荒谬。例如有的人求人办事的方法就是送礼，再严重一点就是行贿。很不幸，确实送礼是一个求人的办法，但是我们应该明白，并不是什么事都可以送礼的，并不是什么礼都可以送的，并不是什么人都可以送礼的。送礼与行贿的距离只有一步之遥，而行贿的后果是严重的，非法的行为就是犯罪，而犯罪就要考虑它将受到的惩罚。还有一点，通过送礼来办事，一个可能是根本办不成，一个可能是恶性连锁反应，愈送礼愈"黑"，事情只能往庸俗恶劣方面发展，而很少事情是由于恶劣化而办成功的，即使成功了你也会付出过多的代价。就是说，由于你的过分恶俗的表现，你的形象你的声誉都会受到负面影响，你说的话将会被打许多折扣，与你的交往将会令有一定品位的人感到厌烦，你的一时的"神通广大"的名声通向的是终无大用终无大才相当靠不住不堪重任的结论，这也是世界的一个特点，好事和俗事，俗事和恶事，恶事和非法犯罪，有时相差不过一点点，分寸之别，性质味道都变了，全凭自己的好自掌握。

集中时间和精力也是一种天才

· · ·

人们对天才有许多定义，有的说勤奋，有的说天才是三分运气七分汗水，都言之有理。但如果是我，如果浅薄如我都能有机会谈天才的定义问题，我要说，天才即集中时间、集中精力。具有正常智商的人，如能集中自己的时间与精力，全力做好一两件事，而且是长期坚持不懈，一般都能做出不俗的成绩，都能表现出相当的才具来。其实人与人的先天的差别很可能并不像想象的那么大，人的能力其实是一个常数，大区别大变数在于你把时间、精力集中到了什么地方，看你的精神走了哪一"经"。集中毕生精力打桥牌、下围棋、养蛐蛐、养蝎子、做泥人儿、捏面人儿、雕虫雕龙，都能创造成绩，都能当大师。可惜，多少人把自己的宝贵光阴宝贵青春宝贵精力用在无聊无益无意义无格调的事物上了！有的一辈子争名夺利，有的一辈子钩心斗角，有的一辈子家庭纠纷，有的一辈子吃喝玩乐、男男女女，有的一辈子计较得失，有的一辈子牢骚满腹，有的一辈子干什么事都是五分钟热度，一辈子总在改换门庭……还能有多少时间集中精力工作学习奋斗？

而所谓天才，常常在非专长方面的表现像是傻子，我很喜欢牛顿拿怀表当鸡蛋煮了，以及他要为两只猫挖两个洞——他竟然不懂大猫虽然进出不了小洞，小猫却可以与大猫共享一个大洞的道理。这就对了，有所为有所不为，才能有为；有所知有所不知，才能有知；有所长有所短，才能有长。任何正常的人只要肯集中时间精力做好一两件事，都能显现出过人的才智，都可能叩响天才的大门。

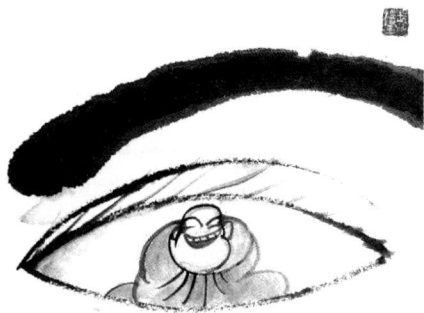

善意是永远不会过时的，就像任何人一眼就能看出来的。

得体与失态

为了我的长篇小说"季节系列"的第二部的题名，我伤了不少脑筋。一开始，我命名为"漫长的夏天"，不满意，改为"兴奋"，而且传播出去了。忽然，我灵机一动，改名为《失态的季节》，反正自己是满意极了。它就是以这个题名发表在今年《当代》第三期上的。

失态的反义词应该是得体。四十来年前，我的短篇小说《组织部来了个年轻人》中，写到刘世吾的时候，用了"得体"一词。一位年龄比我大许多的朋友特别对我说："你怎么想起的这个词？"大概那时人们还不怎么注意得体与不得体的区分，革命风暴的年代嘛。而我，小小年纪，却知道个得不得体，才引起了那位兄长的兴趣。

得体与失态，对这两个词我一直很敏感也很感兴趣。

得体，从外在来说似是指合乎礼仪，礼貌，五讲四美；从内里来说，则是一种美德与修养的外化，与人为善，平等待人，好学不倦，谦虚谨慎，诚恳正直，不贪不鄙，不卑不亢，不温不火……自然行止言论就得体一些了。没有内在美德，只在风度形象上下功夫，往往就不大像，而且早晚要露马脚。我自己就有这方面的教训。

教训就是失态。比如动怒，因怒而气急败坏；比如恐惧，因怕而卑微畏缩；比如吵架，一吵丑三分，使自己与自己最不喜欢的某种人与事变成半斤八两，贻笑大方；比如廉价的激动，好话坏话都言过其实，或者伤害了自己原来无意去伤害并且完全不应该伤害的人等等；总之失态是既不利于旁人又丢自己的"份"的不智之举。

失态很不好。失去了风度，失去了厚道，失去了清高，失去了教养，失去了对于世界的美好心境，失去了友谊，失去了快乐，失去了很多很多。

每失态一次，我至少失眠一两天，消化不良三四天，妨碍写作五六天，真是不值得。

所以，每有失态，我必痛悔不已。我希望今后能多一点得体，少一点失态。

小文快写完了，碰到一位小友。他执与我不同的观点。他说，文明教养云云，大多是一种自我控制，虽有必要却也常常流于虚伪。失态一次，其实是显出真身真我一次，即显原形一次，虽有小损，却有大真，利于自己认识自己与朋友认识你。经得住失态的考验你就继续生活和交往下去，经不住就拉倒，另辟蹊

除了热度也可以有一些冷度——清醒度。

径，有何不好？再说失一次态也算得"力比多"的发泄，说不定于健康有益。比如说猪八戒，常常失态，唐三藏，从不失态。你喜欢谁呢？

我不能答。但我觉得，唐三藏的表现也算不得得体。起码，失态失大发了或持续时间太长了，还是会伤元气的。

又有一位小友说，失态也可能是变态的表现。由于先天的心理、性格，后天的习惯学养的某些特点，加以客观条件的不尽如人意，尤其是弗氏那一类原因，人不无变态的危险。如果频频失态，就可能是一种心理疾患的开端了。他并且举我为例，认为近年我变得比过去啰唆了脾气大了一些。我很感谢他的提醒，准备今后特别注意维护自己的身心特别是精神的健康与平衡，多在我们的伟大祖国和繁荣兴旺的时期活些日子。也多写一些值得写的，令知我爱我的读者不那么失望的东西。

我喜欢幽默

我希望多一点幽默，少一点气急败坏，少一点偏执极端。从容才能幽默。平等待人才能幽默。超脱才能幽默。游刃有余才能幽默。聪明透彻才能幽默。

就是说，浮躁难以幽默。装腔作势难以幽默。钻牛角尖难以幽默。捉襟见肘难以幽默。迟钝拙笨难以幽默。

就是说，我希望多一点幽默，并不是仅仅为了一笑。当然也希望多一点笑容，少一点你死我活。

我更希望多一点清明的理性，少一点斗狠使气。多一点雍容大度，少一点斤斤计较。多一点趣味和轻松，少一点亡命习气。

也多一点语言的丰富、美感，乃至于游戏，少一点千篇一律，倒胃口和干巴巴。

有一种人自己不幽默也不许旁人幽默，他们太可怜了。我想起了一位外国作家的话，他说如果人群中有一个危险分子而你不知道是谁，那么请你讲一个笑话，有正常反应即有幽默感的人大体是好人，而一脑门子官司，老觉得旁人欠他二百吊钱，你愈说得可笑他愈是立目横眉，则多半是"克格勃"。

差不多！

有一种极高明的说法，是说按外国的标准特别是英国的标准，中国没有幽默。我不太相信这种有点吓人或者唬人的说法。一个没有幽默的国家是难以存活的，就像一个没有幽默的人是难以存活的一样。毫无幽默感，谁敢跟他打交道？谁敢与他或她共同生活？他还不是早就杀了人或是自杀了？

尴尬风流成百味，纵横嘲谐也多情。

忘却的魅力

∶

　　散文就是渴望自由。自由的表达，自由的形式，自由的来来
去去。

　　记忆是美丽的。我相信我有出色的记忆力。我记得三岁时候
夜宿乡村客店听到的马匹嚼草的声音。我记得我的小学老师的面
容，她后来到台湾去了，四十六年以后，我们又在北京重逢。我
特别喜欢记诗，寂寞时边默诵少年时候便已背下来的李白、李商
隐、白居易、元稹、孟浩然、苏东坡、辛弃疾、温庭筠……还有
刘大白的新诗：

　　　　归巢的鸟儿，

　　　　尽管是倦了，

　　　　还驮着斜阳回去。

　　　　双翅一翻，

　　　　把斜阳掉在江上；

　　头白的芦苇，

　　也妆成一瞬的红颜了。

　　记忆就是人。记忆就是自己。爱情就是一连串共同的、只有两个人能共享分享的刻骨铭心的记忆。只有死亡，才是一系列记忆的消失。记忆是活着的同义语。活着而忘却等于没活。忘却了的朋友等于没有这个朋友。忘却了的敌意等于没有这个敌意。忘却了的财产等于失去了这个财产。忘却了自己也就等于没有自己。

　　我已不再年轻，我仍然得意于自己的记忆力。我仍然敢与你打赌，拿一首旧体诗来，读上两遍我就可以背诵。我仍然不拒绝学习与背诵新的外文单词。

　　然而我同样也惊异于自己的忘却。我的"忘性"正在与"记性"平分秋色。

　　1978 年春，在新疆工作的我出差去伊宁市，中间还去了一趟以天然牧场而闻名中外的巩乃斯河畔的新源县。1982 年，当我再去新疆伊犁的时候，我断然回答朋友的询问说："不，我没有去过新源。"

　　"你去过。"朋友说。

　　"我没去过。"我摇头。

　　"你是 1978 年去的。"朋友坚持。

　　"不，我的记忆力很好……"我斩钉截铁。

　　"请不要过分相信自己的记忆，那一年你刚到伊犁，住在农四师的招待所即第三招待所，从新源回来，你住在第二招待所——就是早先的苏联领事馆。"朋友提醒说。我一下子蒙了。果真有

有所不为还是无所不为，这大体上是好人与坏人的界线。

这么一回事？当然。先住在第三招待所，后住在第二招待所，绝对没错儿！连带想起的还有凌晨赶乘长途公共汽车，微明的天色与众多的旅客众多的行李。那种熙熙攘攘的情状是不可能忘记的。但那是到哪里去呢？到哪里去了又回来了呢？似乎看到了几间简陋的铺面式的房子。那又是什么房子呢？那是新源？我去了新源？我去做什么去了呢？为什么竟一点儿也不记得？

一片空白，全忘却了。

不可思议。然而，这是真的。新源就是这样一个我去过又忘了等于没有去过的地方。这比没有去过，或者去了牢牢记住然而没有机会再去的地方还要神秘。

我忘却的东西越来越多了。一篇稿子写完，寄到编辑部，还没有发表出来，已经连题目都忘了（年轻时候我甚至能背诵得下自己刚刚完成的长篇小说）。当别人叙述一年前或者半年前在某个场合与我打交道的经过的时候，我会眨一眨眼睛，拉长声音说："噢……"而当我看到一张有我的形象的照片的时候，我感到的常常只是茫然。

感谢忘却：人们来了，又走了。记住了，又忘却了，有的压根儿就没有记。谁，什么事能够永远被记住呢？世界和内心已经都够拥挤的了，而我们，已经记得够多的啦。幸亏有忘却，还带来一点好奇，一点天真，一点莫名的释然和宽慰。待到那一天，我们把一切都忘却，一切也都把我们忘却的时候，那就是天国啦。

我的"黄昏哲学"

· · ·

一位朋友对我说，人老了之后，最重要的有三点：一是要有自己的专业；二是要有朋友；三是要有自己的爱好。我认为她讲得很对。

智慧也是一种美。

　　我愈来愈感觉到老年是人生最美好的时候，成熟、沧桑、见识、自由（至少表现在时间支配上）、超脱。可以更客观地审视一切特别是自己，已经有权利谈论人生谈论青年人中年人和自己这一代人了。可以插上回忆与遐想的翅膀让思想自由地飞翔了。可以力所能及地做不少事，也可以少做一点，多一点思考，多一点回味，多一点分析，多一点真理的寻觅了。也多了一点享受、休息、静观、养生、回溯、读书、个人爱好，无论是音乐书画，是棋牌扑克，是饮酒赋诗，是登山游海……

　　而老了以后，毕竟相对少了一点争拗，少了一点竞争，少了一点紧张和压力。

　　人生最缺少的是什么？是时间，是经验，是学问，更是一种比较纯净的心情。老了以后，这方面的"本钱"便多起来了。

　　人生最多余的是什么？是恶性竞争，是私利计较，是鼠目寸光，是浪费宝贵光阴，是强人所难，是蛮不讲理。老了，惹不起也躲得起了。

　　老年是享受的季节，享受生活也享受思想，享受经验也享受观察，享受温暖爱恋也享受清冷直至适度的孤独，享受回忆也享受希望，享受友谊趣味也享受自在自由，更重要的是享受哲学。人老了，应该成为一个哲学家，不习惯哲学的思辨，也还可以具备一个哲学的情怀，哲学的意趣，哲学光辉笼罩下的微笑、皱眉、眼泪，至少有可能获得一种哲学的沉静。

　　老年又是和解的年纪，不是与邪恶的和解，而是与命运，与生命、死亡的大限，与历史的规律，与天道、宇宙、自然、人类文明的和解。达不到和解也还有所知会，达不到知会也还有所感悟，达不到感悟也还有所释然，无端的非经过选择的然而又是由衷的释然。

和解并不排除批评、抗议、责难，直到愤怒与悲哀。但老年人的种种不平毕竟与例如"愤青儿"们的不同，它不再仅仅是情绪化的咒骂，它知其然，知其所以然，知其必然即无法不然，知其如若不然也仍然会有另一种遗憾，另一种不平，另一种缺陷。它不幻想一步进入天堂，也就不动辄以为自己确已坠入地狱。它的遗憾与愤懑应该是清醒的而不是盲目的，是公平的有据的从而是有限制有条件的，而不是狂怒抽搐一笔抹杀。它可能仍然无法理解生老病死天灾人祸历史局限强梁不义命运打击冤屈痛惜阴差阳错……然而它毕竟多了一些自省一些悔悟一些自责。懂得了除了怨天尤人也还可以嗟叹自身，懂得了除了历史的无情急流以外毕竟还有自身的选择，懂得了自己有可能不幸成为靶子成为铁砧，也未必没有可能成为刀剑成为铁锤，懂得了有人负我处也有我负人处，懂得了自己有伟大也有渺小有善良也有恶劣有正确也有失误有辉煌也有狗屎，懂得了美丽的幻想由于其不切实际是必然碰壁的，懂得了青春的激情虽然宝贵却不足为恃……懂得了每一代人有每一代人、每一个人有每一个人的舞台，有自己的机遇，有自己的限制，有自己的悲哀，有自己的激烈。你火过我也火过，你尴尬过我也未必没有尴尬过。所有这些都会使一个老人变得更可爱更清纯更智慧更光明更哲学一些。

当然也有老年人做不到，老而弥偏，老而弥痴，老而仇恨一切，不能接受一切与时俱进的发展的人也是有的，愿各方面对他们更关怀更宽容一点，愿他们终于能回到常识、常规、常情上来。而如果他们有特殊的境遇有特殊的选择，只要不强迫他人臣服听他的，也祝愿他们最终自得其晚年的平安。

我们常常讲不服老，该不服的就不服，例如人老了一样能够或更有条件学习，不能因一个自命的"老"字就满足于不学无术。该服的就一定服，我年轻时扛过二百多斤的麻袋，现在扛不动了，我没有什么不安，这是上苍给了我这样的豁免，我可以不扛二百多斤的麻袋了，我感谢上苍，我无须硬较劲。我年轻时能够一顿喝半斤酒，现在根本不想喝了，那就不喝，这也是上苍给我的恩惠，我可以也乐于过更不夸张也更健康的生活。

艺术是一种桥梁，连结着人们的身躯与无穷的热情。

读书又解人

DU SHU YOU JIE REN

小说的世界

．
．
．

　　我写过一些小说，但我不是小说史的专家，不是文艺学的专家。写小说的人并不是读小说最多的，因为他把精力都放到写上去了。搞教学的、搞评论的可能读得更多、研究得更系统，所以我讲的不一定符合经典的、史的、论的眼光，只是我个人经验之内的那个小说世界。

　　一、小说的产生。小说产生于民间故事，人们对小说的需要，对小说的实践起源于讲故事。我们小的时候都愿意听大人讲故事，这不是正式的学习，不是上课，是娱乐性的。我们不考虑各派的学说，只考虑一个很实际的现象——我们为什么希望讲故事？人有一种好奇心，有一种寂寞感和局限性。人有一个很大的矛盾——生命是有限的，而你渴望了解和体验的东西又是无限的。一个孩子看到一只大鸟在天上飞，很有兴趣，而他自己没有翅膀不能飞。看到水里有鱼，他也不可能下到水里和鱼一块儿生活。所以人从有了心智以后，就感到现实的人生和自己的生命处在一种非常局促的状态。一个人能活到九十岁就很不错了，你每年搬一次家，也不过九十次，而且这很难做到。你的见闻、知识都很有限，讲故事则能使你得到一种趣味、一种知识、一种新的体验。

我们中国人常给孩子讲大灰狼的故事，它使人感到亲情的可贵，感到如果自己的母亲被大灰狼冒充的话是非常可怕、非常悲惨的。中国有受后妈虐待的故事。意大利《爱的教育》中有一个故事，讲一个孩子走了几千里去寻找他的母亲。多数孩子都没有这样的经历，这使孩子反过来感到一种安慰，更珍惜自己的母亲。

世界上最精彩的关于故事的故事是《一千零一夜》，大家都很熟悉。一个暴君由于妻子对他不忠实，就要报复所有的女人——每天娶一个，第二天把她杀掉。后来娶了首相的女儿，她给国王讲故事，故事讲得太好了，第二天早晨该死的时候国王没杀她，让她继续讲，一直讲了一千零一夜，最后国王改变了他杀人的规矩。有一个学者非常重视这个故事本身，认为讲故事是对死亡的一种抵抗，是对暴戾的一种抵抗，是对人性的一种召唤和抚慰。人有一种孤独感、恐惧感，通过悲惨恐怖的故事能让人获得一种宣泄和温馨。

中国二十四孝的故事所宣扬的观念是十分陈腐的，但其中一些作为民间故事看很有趣味性。父母病了想吃鱼，冬天黄河结了冰，孝子就脱光了身子卧在冰上，把冰焐开，一条大鲤鱼自己就

爱情是一束光，照亮了许多人的眉眼。爱情是一把刀，雕刻分明了人们的轮廓。

蹦了上来，孝子把鱼拾回了家。还有为母埋儿的故事，家里穷得过不下去了，要把儿子埋了。这十分可怕，而且本身就是很不道德的。为了埋儿挖地挖出了金子，这是令人反感的白痴行为，没有任何可行性，但它们都包含了故事的契机，都有一个理想化的结尾，使不可能的事情通过故事成为可能，使人的愿望得到虚拟的实现。

从哄孩子睡觉到带有教化色彩的故事，我们已经看到小说的萌芽。

二、古典主义的小说。不管中国还是外国最早的小说都带有古典主义的味道。所谓古典主义的味道，首先是人物的类型化、英雄化、精英化，写帝王将相、才子佳人、游侠骑士、奇人异士，都非平庸之辈。同时我们看到这些人物又相当类型化，君有明昏，臣有忠奸，美丑分明，善恶分明。很少写普通的人和平凡的事。

其次，古典小说追求故事的戏剧化，追求故事的大起大落。如好人经过千难万险，各种考验和试炼，最后取得胜利；坏人权倾一时，嚣张一时，最后归于失败。

再次，情节的模式化。它有几个相当固定的模式：复仇的模式，如外国的《基督山伯爵》，中国的《赵氏孤儿》《狸猫换太子》，都是从冤屈到复仇的故事。才子佳人的模式，公子落难，小姐慧眼相救私订终身，经过种种曲折，公子建功立业与小姐完婚，夫贵妻荣。这种故事太多了。这里有一个很有趣的含意——男人在危难时需要女性的保护。人类在很长的历史阶段中是以男性为中心的，男人更政治化一些，总是处在斗争的前沿，莫非是让风险小一些的女人打掩护？或者仍然体现着以男权为中心的一厢情愿？这是很有魅力的一种模式，一直到今天许许多多的小说仍未能摆脱它。清官赃官的模式，如人人皆知的包公的故事，他的秉公执法，他的料事如神一直发展到神话的程度：白天断阳间的案子，晚上做梦断阴间的案子。民族英雄的模式，中外各个民族几乎都有自己的民族英雄的故事，他们首先是体形体能就与众不同，其次品德高尚、智慧超人，最后他们在战争中杀人如麻，屡立奇勋，或者是屡战屡败，备尝艰苦而终获全胜。与民族英雄相对比，还会出现一些超常的坏人丑类。

古典主义有非常强的教化色彩。不管故事多么复杂，最后都是好人胜利，坏人失败，包含了一个劝善的主旨。它与社会公认的道德评价是一致的：忠战胜奸，孝战胜逆，节操战胜淫乱，信义战胜邪恶等等。

古典主义在古典小说中占有正宗的地位，但有些古典小说虽然仍旧不能完全摆脱古典主义，但它们已程度不同地包含了现实主义的因素，如《红楼梦》《儒林外史》，又如魏晋的笔记小说，一直到蒲松龄的《聊斋志异》，它们大部分是文人创作的小说，以文人的创作为主，而不是以民间故事、传说、口授文学——话本等为主体。它们表现得更多的是文人的趣味和幻想。古典主义并不完全是一个历史的概念，它的一些准则到今天也没有完全死亡，比如贾平凹的有些小说，它的语言，它的叙述方法，甚至一些人物有很强的古典的色彩，我称之为亚古典主义。

三、现实主义的小说。它与古典主义有很大不同，它的人物不是类型化，而是典型化，尽管典型化这个概念说不大清楚。它塑造各式各样的人物，有大人物，而更多的是小人物，自相矛盾的人物，无所作为的人物，莫名其妙的畸零人物。如百无聊赖的"多余的人"奥勃洛莫夫，谨小慎微的"套中人"，罗亭式的言语的巨人行动的矮子，还有高老头、阿Q，等等。

从以情节故事为中心转移到以人物为中心，它可以把人物写得很深。如巴尔扎克笔下的单身汉、野心家或一个感情世界非常复杂、强烈、痛苦的女人。现实主义希望表达和显示人物更独特的性格和对人性更新的发现，而不仅仅是外在的性格或气质，如鲁莽、急躁、多疑、马虎等等，这就比古典主义前进了一步。同时，从可读性与奇、巧、完整等方面，又似乎不如过去。

其次，对细节的描写生动、详尽、准确。有一个苏联电影《托尔斯泰的手稿》，是写托尔斯泰如何在小说《复活》中反复修改女主人公玛斯洛娃出场时的形象，画家根据他几稿不同的描写分别画出人物的肖像，作者最后选定其中的一种。现实主义写对话如闻其声，写肖像、场景如月光、晨雾、树林、暴风雪、海、船等使人如临其境，都达到了前所未有的高峰。现实主义在描写上取得的成就是无法逾越的。你现在想在人物肖像、城市氛围或天气变化的描写上超过托尔斯泰、超过巴尔扎克，简直是无望。我觉得西方现实主义大师在描写的功力与科学技术和实证主义的发展有关，中国古典小说不重细节的描写，重在意会，写一个女子好看——身如弱柳，面似桃花，这无法从实证的角度去分析。

而西方的几何学、光学比我们发达，给它的文学描写带来一种准确感、精确感。

再有，就是人道主义的批判精神。关心人，特别是被侮辱与被损害的可怜的人，弥漫着对不公正社会的批判精神。《复活》的批判锋芒指向俄国的整个上层社会，它写到了大理院、元老院、教会。《木木》写一个老农奴心爱的一只狗也被剥夺了。它们都是从人道主义的立场出发批评批判了社会的权贵和富豪们，为生活在社会底层的老百姓鸣冤叫屈。

在现实主义中也有一些变化的因素，如狄更斯，我觉得他既是现实主义的，又是亚古典主义的。他作品的情节、脉络十分清晰。如《雾都孤儿》写一个出身贵族家庭的孩子，不幸落入黑社会之手，受到坏人的教唆，处境非常危险。故事是在善与恶、忠与奸、高贵与卑鄙的矛盾斗争中展开，情节大起大落。这与巴尔扎克和托尔斯泰有很大的不同。还有法国的梅里美，他写了一些对欧洲来说也是少数民族的故事。歌剧《卡门》就是根据他的写吉卜赛人的小说改编的。他的另一篇小说《高龙巴》是写苏格兰人的。他追求的很难说是现实主义的，他追求的是戏剧化、是奇风异俗，写爱情、流血、仇杀，古典主义的味道非常浓。

中国现实主义的情况比较复杂，中国式思维的特点是对事物总体性的把握。当我们说《红楼梦》是现实主义的时候，我觉得从总体上说是不错的，特别是对人物的描写，它不是类型化的，它重视现实生活中人物的命运。也有对被侮辱与被损害的小人物的同情，如对晴雯、金钏、芳官等。也有对家族和社会黑暗的揭露。但它与在欧洲工业革命时期的现实主义有很大不同，它充满着梦幻、虚无、对人生无常的概叹，不拘泥于写实。

四、浪漫主义的小说。它与比较客观、比较冷静地描绘社会和人生的小说不一样，它充满了激情。比如雨果的《悲惨世界》《九三年》，都是把人物放到最尖锐的矛盾当中来写，使你感到作者的激情就像火焰一样。又如陀思妥耶夫斯基，没有哪个文学史家把他看成浪漫主义，但从我的阅读来说，我觉得他更接近雨果的性质。他写作时急得有时多少页都不分段，或是请一个速记员，由他口述，使你感到那种激情就像泛滥的洪水把他自己的作品都淹没了。他顾不上精雕细刻，顾不上冷静分析，也顾不上"如实反映"。你如果用对巴尔扎克的期待读陀思妥耶夫斯基的小说，可能读不下去，反过来说你如果用对陀思妥耶夫斯基的期待读巴尔扎克，也读不下去。

五、现代主义的小说。现代主义是一个非常混乱的概念，我所理解的中国所谓现代主义小说有这样一些特点：（一）写人物的内心。它与现实主义写人物的性格、命运和显示社会性有很大区别，侧重把握人的灵魂深处的东西。它与弗洛伊德的学说有紧密的联系，因为弗氏发现了人的无意识。一些现代主义的范本写人的心灵所达到的深度是前所未有的，甚至是惊心动魄的。就像一个精神病患者丧失理智后凸现出来的隐秘的恐惧或欲望使人震惊一样，能令读者感到一种灵魂的刺激或共鸣。（二）反煽情。人类越来越走向成熟，开始感觉到过去文学作品的煽情性太强了：好的就是那么好，坏的就是那么坏，爱起来就是罗密欧与朱丽叶式的，就是贾宝玉、林黛玉式的。人们慢慢认识到事情并非那么简单，爱情是美丽的，但它又不能永远沉浸在诗意和圆满之中，不承认这一点常常使你陷入某种尴尬。王朔写爱情带有一种嘲笑的口气，《过把瘾就死》中女主人公把男的捆起来问：你到底爱不爱我？女子痴情执着不能说是缺陷，但你看到这儿就觉得很可怕。王朔本身并不是现代主义，但他的这种生活态度和艺术观念与现代主义的潮流有关。（三）人们开始用审慎和批判的眼光看待世界上一切美好的东西，用相对主义的观念来看待人生。圣人伟人也有很可怕的一面，他们在一定的条件下可以视旁人凡人如草芥。钱锺书三十几岁就说过：绝对洁白的心、绝对洁白的观念与完全的黑心其效果是一样的。你的心被神圣、伟大、崇高、健康都占满了，你容不得一点世俗、平庸和缺陷，这是一种很可怕的压力和异化。这就构成了现代主义的另一个特征——非英雄主义。（四）形式上的颠覆。文学充满了悖论，没有一定之规。所谓不要故事，不要人物，不要节奏，不要标点符号，没有秩序——扑克牌小说等等。现代主义作为一种文学思潮有很大的革命性、创造性，但它又有很大的破坏性。有人认为我是现代派，其实我离现代派远得很，现代主义经典之作我一个也没有完整地看过，看不下去，但是，作为一种艺术创造我完全能理解。比如不用标点这是许多语言学家深恶痛绝的，但我觉得没什么不可理解，它就是相声中的"贯口"，一口气说下来，表现一种技巧或激情。还有京剧中的"骂殿"也是如此。又比如扑克牌小说，也没有什么可怕的。中国的古诗讲究集句，比如把四首诗中各一句拿出来，联成一首新诗，这不就是扑克牌诗的意思吗？当然，这些都不是正统，但作为一种试验没有什么不可以，不足为奇，不必义愤填膺。至于外国的现代主义、新潮小说、新小说到底在追求些什么，成败如何，我知之甚少，却很值得研究。

六、我自己的创作体会。（一）从自己的经验和感受出发。我写的东西都是以我的经验和感受为依据的，而这种感受又不能强求，不是为了写小说才去感受。《活动变人形》中就有我童年时期刻骨铭心的感受，它不是为了写小说才寻求的。是不是所有的作家都是从他的经验和感受出发呢？我不敢这么说。苏童所写的东西我不敢说都是他体验过的，他写《妻妾成群》的时候还未结婚。作家是需要点敏感和激动的，太冷静了写不出来，而太激动写出的东西往往比较虚，这又是一个文学上的悖论。（二）文学是一种记忆的形式，那些内心的深刻的体验在历史教科书上是不会有的，在论文集上是不会有的，只有通过小说、诗歌来表现，通过文学来表现。（三）有了经验、感受、记忆还是不够的，一定要有虚构，要有一种对艺术乌托邦的向往和追求，要有能力去建构一个艺术的世界。小说提供的世界毕竟与现实生活的世界是不一样的，比如你写一个苹果，假若这个苹果和真实的苹果一模一样，那你何必写这个苹果呢？你给他买一个苹果不是更好吗？这种虚构实际上是向读者提供一个文学的乌托邦，使读者得到一个在现实生活中不一定能得到的东西。古往今来，以爱情为题材的小说最多，说明什么呢？说明大家都有爱情的要求、欲望、幻想和激情，然而很少有人能使他的要求、欲望、幻想和激情百分之百地实现。爱情总是带有不满足和某种遗憾，这就需要文学来填补。又如复仇的小说也很多，这恰恰说明现实生活中平冤狱的困难。（四）追求文笔的自然和行云流水，不赞成雕琢和过分的苦吟，所谓"吟安一个字，捻断数茎须"。我也不赞成"惨淡经营"四个字，它立刻使我联想到"捉襟见肘"，联想到您只有二百块钱就想开一个公司。当然每个作家的习惯是不一样的，据说福楼拜写《包法利夫人》，为了追求艺术上的完美，拿到一次校样他改一次，拿十次改十次，拿二十次改二十次，永远没完，几乎成了一种病。书商火了，不许他再改，这才打住。（五）不拘一格，博采众家之长。我不认为各种风格和流派是对立的，如上面提到的古典、写实、浪漫、现代等等，到我这儿都不对立。《红楼梦》就不对立，它既是写实，又不是写实。我还主张写作不要勉强，写不出来不要硬写。

漫说喜剧

仁者悲，智者喜。

悲的基础是同情，是善，是火。喜的基础是超越，是明，是水。

喜是悲的升华，是悲的超度，是悲的极致。而悲，是喜的核心。

生死亦大矣。生死亦悲矣。生死亦喜矣。

悲从中来，是有深度的悲。

喜从中来，喜从悲来，是有深度的喜。

喜是额头的慧眼，喜是洞穿的预见，喜是对世界的把握与完成。

比如博弈，胜者喜，败者悲，这是普通的一层悲喜。

胜者喜后或还想再胜连胜叠胜，或想本可以胜得更快更好，或虽胜而并未得到足够开胃的赞誉，便也讪讪地悲将起来，寂寞起来，隔膜起来。

败者悲后或反省自己悲得小里小气，或回味相斗的许多乐趣，或思量个中道理若有所得果有所恃，便也款款地喜将起来，豁达起来，活跃起来。

就是说，可以悲其悲，也可以喜其悲。可以喜其喜，也可以悲其喜。更可以若悲若喜，既悲既喜，无悲无喜，全看你停在哪里，走几步，走到哪里。

误会，是悲剧与喜剧的一种普遍有效的形式。有时，误会便是戏剧性。把衷心读成哀心，把猎人读成腊人，或者一种古怪的方言口音，便有点可笑。这种笑很浅薄，但任何文字与语言的游戏已经包含着形式的独立化与抽象化。强不知以为知，既可笑复可悲。当然这都是浅层次的喜与悲。把风车当成敌人，把奸贼当成亲信，这是深一层的误会，因为这误会不是局部性与偶然性的，这误会是一种认真的谬误，是悲剧性的喜剧。

可以为必然的谬误而悲哀，可以为对于这种谬误的洞悉与揭穿而欣喜。都追求成功，但常常遇到失败。都抱怨别人，却不知自己同样受到抱怨。都费尽心机，殊不知其中只有极小的一部分有作用。这是一种深刻的误会，一种深刻的悲剧、喜剧、悲喜剧。

失度，是另一种普遍适用的形式。

都知道文学的夸张，艺术的夸张是喜剧的格局。却没有想一想，人生中有多少非文学非艺术的夸张（或忽略，即负夸张）比文学的与艺术的夸张更夸张，也更文学并且更艺术。

比如遗失，丢了东西便着急地寻找，这是正常的，不是戏剧。丢了一角钱便捶胸顿足满地打滚，便有些喜剧味道。欣赏这种喜剧又有点残酷的意味了。

比如林彪。他是在演戏吗？他是一个出色的喜剧丑角演员吗？究竟是生活在夸张还是艺术在夸张呢？

比如夫妻吵架打架，只要没发展成彻底破裂，旁观者便总觉得带有喜剧色彩。总觉得为一点小事不必动那么大肝火，更不宜浪费眼泪。

所以说，喜剧常常是一种清明感、一种分寸感，也是一种距离感。与一切谬误、误会、失度保持距离。与自己的局限性保持距离。与自己的私心私欲保持距离。

浅的幽默是一种小儿科的游戏。比如耍贫嘴。比如出洋相。比如故意打岔。

一点儿也不耍贫嘴，一点儿也不出洋相，一点儿也不自娱娱人并且动辄责备别人贫嘴的人却也令人敬而远之，甚至觉得有些可怕，干吗这么一脑门子官司？

幽默是一种距离感，却又是一种亲切感；是对群众的良知良能的认同。

嘲弄，批评性的幽默、讽刺，要深刻得多。它是一种传神的勾勒，是机智也是学问和经验。

然而，被嘲弄者也嘲弄嘲弄者。世人读《阿Q正传》莫不为鲁迅对阿Q之嘲弄所折服。但阿Q也嘲弄城里人切的烧鱼的葱丝不合规格。如果阿Q会写剧本的话，他又将怎样嘲弄他的读者和观众呢？

常常有一种误解：认为悲剧比喜剧更有深度。

是这样的吗？《阿Q正传》的故事当然可以写成一个悲剧，写成对封建社会迫害农民的控诉，令人悲愤，催人泪下。然而，能有那样深邃和丰富的内涵吗？

更深刻的喜剧既是嘲弄又是辩护；既是嘲弄别人也是嘲弄自己；既犀利尖刻又宽厚慈悲；既骄傲自信又谦逊克己；是机智的笑，又是赞叹的笑；是开怀的笑，又是会心的笑。

这样的笑的核心是理解。是严厉的笑，又是宽容的笑。

喜剧常常具有一种轻松感，即使表现着最不轻松的题材，比如关公战秦琼，以及其他一些韩复榘式的故事。

这种轻松，是对韩复榘式的伪庄重的一种惩罚，是充满了人民性的轻松。做到这样的轻松并不容易。缺乏自信的人怎么弄怎么难受，轻松不起来。作威作福的人生怕不能吓倒一片，便要摆架子、撑面子，欲轻松而不敢。私欲重的人——小人——长戚戚，轻松得了吗？鼠目寸光，为鼻子底下的小利而苦斗的人也太不轻松了。

当然，也有另一种轻松。浑浑噩噩者，事不关己高高挂起者，丧失了最起码的责任感的游戏人生者也轻松。归根结蒂，喜剧的精神并不就是一切。谁知道呢？喜剧精神和悲剧精神都是需要的。后者是指一种我不入地狱谁入地狱的献身精神，认真精神，英雄主义精神。

喜剧精神是一种自我批评的精神，是一种健康的反省精神，是一种民主的精神。没有民主的自我批评，就没有喜剧。

喜剧总是充满着人民性，传达着老百姓的乐观、达观和自信。从长远和整体来说，谁也消灭不了人民，欺骗不了人民。人民是真正的强者和智者。

　　喜剧又发挥着一种制衡的作用，用笑的手段平息着沉淀着躁狂的灵魂，所以它完全可能很深沉。

　　中国应该并且一定能够出现优秀的喜剧佳作。她的经验太丰富了，她的对比太丰富了，她拥有喜剧的传统和喜剧的智慧，她拥有一个充满喜剧的世界。

学习者，至高至强至清至明，复至艰，复至乐也。

美的哲学——论《道德经》的审美意义

· · ·

老子强调的是他的论述夷、希、微，即看不见、听不见、摸不着（从任继愈说），是它的玄妙，这都是些感觉、直觉。老子同样不避讳他所曾经批评过但是他又无法不予以一定的肯定的字——词——名：其中有美与善，有利与用，有贵也有德，等等。但他从来没有用过一个字——真。

我揣摩，春秋战国，诸子百家，群雄并起，各自高谈阔论，进行理念与政见的推销。让我们读一读《史记》上的记述与描绘，就知道那时的自我推销者们抓的是两头：一头是论说本身要美，要善，要气势如虹而又合情合理，要周全照应而又振聋发聩，要纵横捭阖而又自成体系，要自给自足（既可东拉西扯，又自成一家、讲得圆圆满满的），要给人以好感，引人入胜，听着好听（sounds good），说着愉快，令人佩服、欣赏、赞美、留恋，至少不能令人生厌，不能肮脏卑下，不能啰唆纠缠，不能丑恶恐

怖。这是抓美的一头。另一头则是为其用为其利，尤其是有利于
为政者统治者成功争雄，就是说他们的学说必须可以资政，具有
一定的可操作性。

当然那个年头还没有逻辑规则，还没有实证主义，还没有计
算与验算的讲究，还没有数据一说。那时候更多的都是假说，都
是理念，是诗，是煽情，也是政论，都是在自我宣扬和推销，它
们既是政论又是美文，是散文诗、哲理诗。那么多根本性的理
论，那么多不无神学意味的哲学，那么多微妙玄通的诗句，你根
本无法证明或者证伪，根本提不出证明或者证伪的命题。所以谁
也用不着强调自己的理念是否真实，是否合乎逻辑和统计、运算
的结果，是否符合客观事实。

老子的许多命题都具有极高的审美价值。与其说那是科学的
命题，不如说是遐想与审美的命题，是感觉与体悟的命题。

上善若水。水善利万物而不争，处众人之所恶，故几于道。

这里是用拟喻的修辞手法，来讲价值的认定，来讲道的本
质。道是上善的即最好的，它利万物而不争，它总是居于最下
边，而不是往上钻往上冒。它为万物所需要、所不可或缺。

这其实是一种形象思维，水有多好！清澈、湿润，灌溉着土
地与植物，提供着满足着生命的需要，向下走，不较劲，听引
导，低调运行，接受、消化与涤荡一切龌龊却能清洁万物，调节
气候，掀起水花、波纹、浪头，折射出彩虹，反映出日月星空，
发出潺潺淅沥喧哗呼啸……所谓上善若水，与其说是一种论说，
不如说是一种感觉、感受、感情、感悟。

日月推移时差多，寒温易貌超千河。似曾相识天山雪，几度寻他梦巍峨。

其实水也有另一面，山洪暴发，海啸发生，巨浪翻滚，都可能造成灾害。

古之善为士者，微妙玄通，深不可识。

夫惟不可识，故强为之容：豫兮若冬涉川，犹兮若畏四邻，俨兮其若客，涣兮其若凌释，敦兮其若朴，旷兮其若谷，浑兮其若浊。

孰能浊以止？静之徐清。孰能安以久？动之徐生。

这又是用修辞取代论证。用形象思维代替逻辑思维，用自然与生活现象启发理论思维。微妙玄通云云，只能意会，不可言传，只能感悟，不能分析，只能欣赏，不能鉴别判断。

冬季涉川，言其谨慎。畏四邻，言其周详与警惕。若客，言其郑重。若凌释，言其活泛……这些与其说是在讲哲学、讲道尤其是治国之道，不如说是在讲风度举止，讲风采格调，讲精神状态，它的审美意义可能大于论证意义。它既强调了谨慎周全郑重，又强调了活泼解脱包容。这应该说首先是审美的标准，而不是学理的标准。

有的老师解释说，静之徐清，是安静能使浑浊澄清，这符合原意也符合常识。但将动之徐生解释为变动会打破安静，则似可推敲。老子是常讲两面理的，就像有之为利，无之为用，动之徐生，是不是也与静之徐清一样，是讲动的正面的作用，即动之才能发生、生存、不死、生生不息。

故有无相生，难易相成，长短相形，高下相倾，音声相和，前后相随。

善行无辙迹，善言无瑕谪，善数不用筹策。善闭无关楗而不可开，善结无绳约而不可解。

知人者智，自知者明。胜人者有力，自胜者强。知足者富，强行者有志，不失其所者久，死而不亡者寿。

信言不美，美言不信。善者不辩，辩者不善。知者不博，博者不知。圣人不积，既以为人己愈有，既以与人己愈多。

天之道利而不害，圣人之道为而不争。

这些话都讲得既有内容的深刻与独到性，又有形式的简约与齐整性，有比喻的巧思与美，有押韵，有对仗——我以为对联、诗联、骈体等文体方面的讲究来自中国式的文体辩证法，又促进了中国的辩证思维的发展弘扬。从来都是这样，思深则文厚，思渊则文鸿，思精则文妙；反过来，文美则思精，文巧则思如得天助，文气酣畅、势如破竹则思想高屋建瓴、立论通天动地。老子的这些文字工稳、有力，给人以深思熟虑、一字千斤、奥妙无穷、效用无限的感觉。这种文体，本身就具有经典性、耐咀嚼性、宜诵读性包括适宜并且需要背诵的特质。

我还认定，这样的文体发展和丰富了思想观点。你说了有无相生，意犹未尽，文犹未酣，气犹未足，词犹未华丽饱满，于是，琢磨一番二番，哈哈，难易相成、长短相形、高下相倾、音声相和、前后相随的道理与妙句都出来了。用这样的模式去造句，我们也许还可以琢磨出成败相因、寿夭相通、愚贤相映、福祸相继等无数道理与词句来。

知不知上，不知知病。夫惟病病，是以不病。圣人不病，以其病病。夫惟病病，是以不病。

为无为，事无事，味无味。

这种绕口令似的文体也极有趣。用相同的字词作主语也作宾语，作动词也作名词，似乎可以这样理解也可以那样理解。然后从中浮现出一些道理，即通过凸显名词、动词、主语、宾语、谓语的一致性，来主张逻辑的同一律、否定律与排中律。对于某些语法学家与逻辑学者来说这可能是无意义的同义反复，可能成为文字游戏，可能成为狡辩，可能成为自我开脱之词，但老子的这种为文方法可能确有深意。

让我们试一下，道可道非常道，名可名非常名，正因为第一个道与第三个道是指大道，而中间那个道是指言说、道来，第一个和第三个名是指称谓，而第二个名是讲命名、起名，才给人以古朴而又深邃的感受。如果改成"可以言说的道，并不是最根本的大道；可以命名的称谓，并不是最根本的概念"，反而直白了，浅薄了。

语言呀语言，它与思想与表述是怎样的一致、怎样的不可分离，却又另具自己的相对独立的特色与奥妙呀。

语言并不仅是听命于思想，语言可以与思想互动。我甚至可以想象老子撰写《道德经》时运用这种玄妙的、时有重复、时有循环、时有光彩的语词时有多么快乐与得意。

我相信，一个人如果读多了《老子》，如果多少学到了一点老子的往复式、进退舞步式（如说甚爱必大费、物壮则老、外其身而身存、后其身而身先、夫惟无私故能成其私、夫惟病病是以不病）、高妙式与玄之又玄式的句式，他或她的思路、看问题的方法，会与此前有一定的区别、老子与孔子都留下了有关的教诲：孔子讲的"知之为知之，不知为不知，是知也"，也是强调人要知己之不知，要承认己之不知，这非常重要。这与老子的论述基本相同：夫惟病病，是以不病。能病己之病，则是圣人了。

为无为，这种令为变成无为的说法就更深刻。无为也是一种为，为的就是无。说"为无为"，比说不要做不该做的事，或者少做一点刻意经营的事（如一些专家所解释的）要巧妙也深奥得多。

我知道确实有一些无意担任公职的知识分子专家，人们动员他出山时，会在私下里对他说：你干，至少可以顶掉一个坏人。这也是一种为无为，为了无而为。别人要插手的事你不插手，别人要干预的事你不干预，别人要大张旗鼓地闹腾的事你不闹腾，这更是大大地"为"了无为了。正如同不表态也是一种偏于保留的态度，不卷入也是一种不太赞同的表示。

把无与为联结起来体悟，这不但是一种深刻的思想，也是一种语言的风格与得心应手的绝妙好词。

事无事呢？你试试看，你能做到"无事"吗？为此，你不太可能做到、比较难做到形如槁木、心如死灰，倒是可以做到摆脱你想摆脱的麻烦、俗务与不愉快，那么也就可以或琴棋书画、或诵读吟咏、或静坐功课、或游山玩水、或谈玄论道地"事无事"起来。像当今许多离退休人员那样，每天忙于从事的事，就是能做到另一方面（介入、奔走、争执等）的无事。

当然古汉语中，事还有侍奉的意思，如事天、事君、事父、事王侯等。事无事就是要好好侍奉那个不生事的天道，侍奉得君、父、王侯都不生事不找事不出事，那当然是侍奉好了。

味无味，从形而下的意义上说，无非是提倡粗茶淡饭、提倡低盐低脂低嘌呤低调料低刺激的卫生饮食。而从审美的意义说，味无味即追求平淡，追求行云流水，追求不动声色。用"味无味"的句式，更简约，更清晰，更容易记牢，也更优雅美丽。所以黄山谷的诗里也有"我自味无味"之句。

味无味是无敌的高境界，高品位。无味者，至味也。

出生入死。生之徒，十有三；死之徒，十有三；人之生，动之于死地，亦十有三。

夫何故？以其生生之厚。

盖闻善摄生者，陆行不遇兕虎，入军不被甲兵。兕无所投其角，虎无所用其爪，兵无所容其刃。

夫何故？以其无死地。

这段话写得神奇，好像是讲练功练到了金钟罩铁布衫，刀枪不入，弄不好会变成义和团直到某种邪教骗术的说辞，或者是功夫学校的不实广告。然而这不是技术更不是法术，不是气功也不是武功，这是境界，是修养，是大道，是一种审美状态。老子认为世上有死地，认为与其孜孜于厚生，不如远离死地，不如相信自己是不被（披）甲兵，犀牛不拱，老虎不抓，军刀不砍的。自己没有破绽，就不会枉死。自己不冒冒失失地进入死地，就不会找死。此话虽不尽然，但有利于反求诸己，增加自身的主体性主导性选择性，增加信心和责任心，坚信正确智慧的言行能够保护自己，坚信对于大道的皈依能够无往而不胜，能够对付恶劣的环境。这是一种不失善良也避免悲观绝望的人生哲学——人生美学。

绝对的无死地其实是不可能的。追求无懈可击的状态，追求十足的明朗与信心，则是可能的与必要的。

含德之厚，比于赤子。毒虫不螫，猛兽不据，攫鸟不搏。骨弱筋柔而握固。

这与前边讲的相似，并且加上了柔弱者坚强、坚强者脆弱的片面观点。但它又符合对于新生力量新生事物的看好的信念。而毒虫不螫、猛兽不据、攫鸟不搏的处境，不但是理想的，而且是美丽的。

但通篇《道德经》，最美丽的风景是"治大国若烹小鲜"七个字。怎么一个意思能够说得这样精彩，这样舒服，这样美好，这样明丽！我真希望世界各国的领导人都在自己的书房里悬挂上这样的名言书法！我无意去考证"若烹小鲜"的意思是不需要去扰动它或者是需要时时照顾它。我在训诂方面的知识近于零。但是我从心里喜欢这个比喻，佩服这个比喻，感动于这个比喻。除了老子，谁能把治大国这样的大事与烹小鲜等同起来。治大国如熬小鱼，不要紧张，不要声嘶力竭，不要折腾，更不要歇斯底里，不要装腔作势、借以吓人！月盈则亏，水满则溢，治大国不能太紧张太苛细太啰唆，不要做得太满太高调太过分，要留有余地，要适可而止，要预留下进退转弯的空间。

生发开去，办大事要从容不迫，要有节奏，有说有笑，要胸
有成竹，要举重若轻，不要蝎蝎螫螫（这是《红楼梦》里说赵姨
娘的话，可惜咱们的生活里男女赵姨娘还是太多），不要咋咋呼
呼，不要神神经经，不要喊喊叫叫。这样才能可持续治国、科学
治国，可持续做事、科学做事。用大轰大嗡的办法，特殊情况下
可能有效，却难以为继，难以持久。搞文学也是这样，仅仅靠一
鸣惊人，靠大言欺世，靠酷评狂咬媚俗或可红火于一时，终将沉
沦于永远。

古代中国不甚讲论文、美文、杂文、小品文的区分，老子的
时代，诸子的论说几乎都有审美的价值。仁者乐山，智者乐水；
不义而富且贵，于我如浮云等。孟子、庄子的文字都极富美学特
色，而且他们的著作比老子的更富有感情的丰满与激荡。老子则
比他们冷，比他们精粹，比他们出神入化。先秦诸子之作，读之
不仅益智益德益修身，而且赏心悦目、陶冶情操，是一种心智与
情感的享受。

我们完全可以将诸子百家的经典同时当作文学作品诵读，求
其语言美妙，求其想象丰赡，求其炼字炼句，求其神思纵横，求
其句式奇突，求其潜移默化，求其赏心悦目，求其美的享受，而
不仅仅是求其有用、指导人生、可操作。

《老子》一书中的语言运用，只此一家别无分号。世称老庄，
但庄周的文字运用汪洋恣肆，庄周有点最好的意义上的忽悠的劲
头，言之巧妙酣畅，其文舒展奇妙，其智得意洋洋，其说华而不
实（无负面含义，文学作品与操练要领或炒股指南类实用书籍比

较，本来就是华而不实），那个就更文学更诗化了。而老子在文字上贯彻了他本人提倡的啬的原则，宁失之简略，绝对不失之繁复；宁失之语焉不详，失之抽象玄虚，绝对不失之说得过实过细过于具体。极端节约的文字，所有的字都经过了千锤百炼，才有一字千金之感之贵，也有一字千斤之重之厚，有力透纸背之赞，也才有咀嚼体味发挥联想的无限解读的可能。

老子做文章，同样贯彻了他的有之以为利、无之以为用的原则。他说了一点话，却留下更多的话没有说。他立了一些词条，却留下了大量空间。比如，他说了无为而无不为，却没有解释无为的条件与限制是什么，以及无为为何与如何可以转化为无不为。去掉了啰唆的"背书""但书"之后，老子的文体有天机未可完全泄露之妙。而简略的所谓无为、不言、不争、不仁、愚、无知、无欲……比加上任何解释反而更加单刀直入、见血封喉、惊心动魄、面目（思路）一新，有一种特殊的任何学者著述者所不具备的冲击力、爆炸性、启发性、弹性与深邃性。

你觉得《老子》一书用的不是普通的古汉语，而是结穴之语、判词、爻象之语，神仙之语，警世劝世之箴言、格言，不可泄露之天机之语，直到咒语诀语祷词。

一句话，老子的语言好像不是为了印成书阅读的，而是为了刻碑习诵的。《老子》一书中有许多比喻，如水，如婴儿，如牝，如风箱，如咒虎，如骤雨。这些比喻并不仅是修辞学上的拟喻法，而是一种形象思维。拟喻，应该先有思想后找比喻与例证。而形象思维，是说一个具象的东西、一种感觉，引起你的美感,引发你的兴趣,引出你的思索感概灵感,引出一大堆从逻辑上看未必都站得住但又确有启发有新意的观念与假说来。我们所说的形象思维,兼容了审美与思辨,拓宽了认识真理的道路,为人生的智慧投射下更大更美的光照。一个缺少形象思维的理论家科学家,很可能不是最优秀的理论家科学家。正像一个没有思辨能力的艺术家作家,也未必不是一个有缺憾的艺术家作家一样。

所以我还要强调,对于老子,审美也是一个体悟大道的方法。文学性也与大道相通。古代中国,没有严格的形式逻辑,没有数学演算或制图学的依据,没有实验室,没有抽样解剖,没有论文质疑、答辩制度,老子也罢,孔子也罢,孟子庄子等都是如此,真理要靠自己去想象,去体悟,去寻找灵感,去恍若豁然开朗。其中一个因素就是审美,符合审美要求的令人喜悦,令人心仪,令人欣赏,令人享受,当然就比其他的更接近真理、接近大道。阅读经典时保持一种类审美心态,不要太实用化,不要太较死理,不要太落实,不要太立竿见影。这是求学问求境界求智慧之道。我们曾经有一段历史时期,过分否定了我们的传统文化经典,原因之一是太要求实用,太较劲,不懂得审美。我们曾经是多么急躁啊。懂得了审美,我们的精神世界会怎样地丰富和美丽起来呀!

再谈《锦瑟》

很难设想一首脍炙人口的诗却是十分地曲奥艰难，达到了众人难解、专家也难解的程度；很难设想一首一味深奥乃至绕脖子花式子的诗却流行得家喻户晓。

《锦瑟》的特点是它被广泛接受、广泛欣赏、广泛讨论，却没有定解，歧义甚多。说明它有一种易接受性、易欣赏性、有讨论价值与讨论兴趣。没有定解也就是可以有多种解，因而既难解又易解，这是难解与易解的统一，实在辩证得很。

"锦瑟无端五十弦，一弦一柱思华年"，这里无一字一词生僻，几乎每个字词都可以原封不动地用在白话文里。"锦瑟"呀，"五十弦"呀，"一弦一柱"呀都是大白话。"无端""年华""思"稍微文一点，但仍通用至今。由锦瑟弦柱而思过往的岁月，不费解。一弦一柱是指具体的瑟上的一弦一柱，还是比喻往事历历密密，如弦弦柱柱长长短短排列于眼前，乃至是弦弦柱

无行云流水

迹无

踪

有文气贯之有自然

贯之有真情贯之

行云流水无迹无踪，有文气贯之，有自然贯之，有真情贯之。

柱发出的声响？都行，无须深钻力争。因为它不是法律条文。

"无端"二字要紧。无端是无来由，无特别具体的固定之意，即此诗此情此思，不是因一人一事一时一景一物而发，不是专指一人一事一时一景一物。它不是新闻，不要求不提供新闻必备的"W"（何人何时何地为何如何……）。它有更大的概括性与弥漫性。无端又是无始无终无头绪之意。本来一切感情思想都是具体的、有端的；一切有端的感情思绪却又都可能与过去的未来的、意识到的未意识到的、精神的肉体的、原生的与次生的个人的经历经验相关，乃至与阶级的社会的人类的宇宙的经历经验相关，所以又是无端的。而义山此诗的无端性更强更自觉罢了。

无端还因为这是深沉的语言。去商店买货、给孩子讲书、向老板求职，那是需要把话说清楚的，需要语言规范化、通用化、逻辑化；长吁一声，百感交集，无端愁绪，欲语还止，叫作无言以对，叫作词不达意，言不尽意，只可意会，不可言传。这里提到的"言"是表层交际语言。求不可言之言，求直接写"意"之言，便是诗，便是深层语言了。

"庄生晓梦迷蝴蝶，望帝春心托杜鹃"，只要对典故稍加解释，这两句便于明丽中见感情的缠绕，并不费解。典故可以是谜语，就是说另有谜底，也可以不是谜语，也就是说没有另外谜底，只是联想，只是触发，触景生情，触今思（典）故，那么引用典故便是一种"故国神游"，是今与古的一种契合，是李商隐与庄周与望帝之共鸣与对话，李商隐有庄生之梦庄生之迷庄生之不知此身为何之失落感，又有望帝之心望帝之托望帝之死而无已的执着劲儿。

　　把诗当作谜语猜，猜中了也未必是定论，猜中了也难算解诗。《北京晚报》日前载文称白居易的"花非花，雾非雾，夜半来，天明去。来如春梦几多时，去似朝云无觅处"为诗谜，谜底是"霜"。说老实话，这个谜底相当贴切，霜如花而非花，成雾而非雾，夜生而昼消，蒸发后哪有什么去处？这样解释难以推翻，只是煞风景得厉害，盖以诗为谜，以破谜（读"闷儿"）的方法解诗。（有这么一解聊备一格倒也奇妙）

　　"沧海月明珠有泪"，何其阔漠、原始、神情！不知鲛人故事，也会为此句的气象情调所震惊。"蓝田日暖玉生烟"，使震惊近于晕眩的读者又徐徐还阳，舒出了一口气。"此情可待成追忆，只是当时已惘然"，节奏更加放慢，信息量更加减少，似乎是高潮后的一个歇息，歇息中的一个淡淡回顾，使读者最后平静下来了，李商隐的几首著名的抒情七律，尾联表面看似乎未见佳胜，更非"豹尾"突翻，不是欧亨利小说的路子——靠结尾抖包袱取胜。"相见时难"一诗的结尾是"蓬山此去无多路，青鸟殷勤为探看"，"来是空言去绝踪"一首，以"刘郎已恨蓬山远，更隔蓬山一万重"结束，"昨夜星辰昨夜风"一首，以"嗟余听鼓应官去，走马兰台类转蓬"结束，都比较平淡舒缓。诗人是把劲用在颔联和颈联上的，不像例如长吉那样，在高峰之后再立险峰，这就更易攀援领略，其道理如陆文夫小说《美食家》中所论，几道大菜吃过之后，上的汤应该清淡，清淡到可不放盐也。

　　八句诗引完，越引越是大白话，从此句的角度看，明白晓畅易懂；从形式特别是音韵方面看，更是朗朗上口，整齐合律，绝不佶屈聱牙。语言明白（有时还有些艳丽，如锦瑟、华年、蝴蝶、春心、杜鹃、珠泪、玉烟诸字）、形式整齐、音韵流畅，使这首诗读起来舒服、美妙，它绝不是一首以读者为"敌"的故作艰深的诗。它读着一点儿也不费劲、不作难。

那么它的深奥费解到底来自什么地方呢？无端便觉得广泛，便觉抓不着摸不住，强解无端为有端，自讨苦吃，自然艰深。这是从内容上看。从结构上看，则是它的跳跃性、跨越性、纵横性。由锦瑟而弦柱，自是切近；由弦柱而华年，便是跳了一大步。这个蒙太奇的具象与抽象、器物与时间（而且是过往的、一去不复返的时间）、有端（瑟、弦、柱都是有端的，当然）与无端的反差很大，只靠一个"思"字联结。然后庄生望帝，跳到了互不相关的两个人物两段掌故上去了。仍然是思出来，神思出来的，故事神游出来的。游就是流，神游就是精神流心理流包括意识流。再跳到沧海那里，诗胆如天，诗心如海，从历史到宇宙，从庄周到望帝，从迷蒙的蝴蝶到春心无已的杜鹃，一下子变成了沧海月明的空镜头，然后一个特写凸出了晶莹的珍珠上的泪迹，你能不悚然吗？你能不感到那样一种神秘乃至神圣的战栗吗？你能不崇拜这时间与空间的无所不包无所不在无端不已吗？年华是时间，庄生望帝的回溯激活的也是时间感，而"沧海月明珠有泪"七字一下子把你拉到了空间，由沧海明月之辽阔而至于珍珠泪痕之细小，由沧海明月之广旷而至于珍珠泪痕之深挚并近缠绵，呜呼义山，所感所写真是到了绝顶了啊！

然后蓝田玉烟的镜头淡出，暖暖洋洋，徐徐袅袅，是"思"

平静下来了吗？是"游"歇息下来了吗？我们回到了地球，回到
了中国，回到了例如陕西蓝田，多了几分人间味。比如气功入定，
现在开始收功了。比如交响乐，引子过去了，呈示过去了，发展
过去了。追忆惘然之情，已是袅袅余音，淡淡地再现了。以电影
手法而论，已是淡淡的回闪了，观众已经站起来了，黑帘已经拉
开了，光束已经照进来了。"可待"乎，"何待"乎，"当时"
即"现时"乎，人们争着这个就像观众争着一部电影的未看清的
情节一样，也许根本没有争完，电影已经散场而观众已经散去了。

　　这种结构的非逻辑性、非顺序性是李商隐的一些抒情诗特别
是无题诗以及脍炙人口的《锦瑟》的一大特点。它的词与词之
间、句与句之间，特别是联与联之间所留下的空白相当大，所形
成的蒙太奇相当奇妙，这些正是这首诗的引人入胜之处。

　　以明丽的诗语诗句诗联组成迂回深妙的诗情诗境诗意，这是
李商隐这一类诗在诗艺上的巨大贡献，是关于语言层次的一些学
说的一个很好的例证。就是说，这一类诗证明，人的思想感情并
非一开始都采取都形成表层可用的语言形式，所谓可以意会不可
言传，就是难以用表层语言表达的意思。追求不可言之言，便有
《锦瑟》曰诗。欲将不可言之言变成可言之言，欲将一首深邃的
抒情诗变成一首明确的悼亡诗、咏物诗乃至感遇诗、怀人诗、叙
事诗，便益感诗之艰深莫测。这样的诗也同时是汉语的奇妙性的
例证。汉语不是以严格的主谓宾结构、以语法的严密性为其特
征，而是以其微妙的情境传达乃至描绘为其特征的（可参看张颐
武发表在《钟山》今年三期上的一篇文章）。杜甫诗有句："娇儿

不离膝，畏我复却去"，解释也是聚讼纷纭。换一种动词有人称变化、名词有主宾变化的语言，就根本不会出现这种产生疑问的诗句。起码对于诗来说，这难道是汉语的弱点吗？换一种语法严密，各种词随着它们在句子中的语法地位而严格变化的语言，还能有中国文学，中国文化，例如，还能有《道德经》或者《锦瑟》吗？

这种大跨越的非逻辑非顺序结构造就了奇妙的意境诗境，也带来了一定的随意性。这里说的随意性只是叙述事实不含褒贬。例如，起码按现代汉语读法平仄上韵脚上没有不一致处的《无题》——"相见时难"一首，让我们拿来与这首诗掺和起来重新排列组合一下吧，我们可得例如"相见时难别亦难，东风无力百花残。庄生晓梦迷蝴蝶，望帝春心托杜鹃。晓镜但愁云鬓改，夜吟应觉月光寒。此情可待成追忆，只是当时已惘然"一首；亦可得"锦瑟无端五十弦，一弦一柱思华年。春蚕到死丝方尽，蜡炬成灰泪始干。沧海月明珠有泪，蓝田日暖玉生烟。蓬山此去无多路，青鸟殷勤为探看"一首。如果不考虑对仗，甚至于可以掺上别的义山《无题》七律中的诗句，另集几首，例如："相见时难别亦难，一弦一柱思华年。身无彩凤双飞翼，蜡炬成灰泪始干。曾是寂寥金烬暗，夜吟应觉月光寒。此情可待成追忆，锦瑟无端五十弦。"这些新排列的诗虽不无勉强，毕竟仍然像诗。这里形式的完整统一与感情的相通起了巨大的作用。古诗搞集句令人成癖，不知道算不算"玩文学"的一种该批该判的恶劣倾向？联系到具有现代派慧名的"扑克牌"小说，不又是我中华古国早已有之了吗？能有什么启示吗？

《锦瑟》的野狐禅

从去年不知着了什么魔，老是想着《锦瑟》，在《读书》上发表了两篇说《锦瑟》的文章。后来，今年又在《读书》上读到了张中行师长的文章，仍觉不能自已。

默默诵念《锦瑟》的句、词、字："锦瑟无端五十弦，一弦一柱思华年。庄生晓梦迷蝴蝶，望帝春心托杜鹃。沧海月明珠有泪，蓝田日暖玉生烟。此情可待成追忆，只是当时已惘然。"

这些句、词、字在我脑子里联结、组合、分解、旋转、狂跑，开始了布朗运动，于是出现了以下的诗，同样是七言：

锦瑟蝴蝶已惘然，无端珠玉成华弦。庄生追忆春心泪，望帝迷托晓梦烟。日有一弦生一柱，当时沧海五十年。月明可待蓝田暖，只是此情思杜鹃。

全部用的是《锦瑟》里的字，基本上用的是《锦瑟》里的词，改变了句子，虽略有牵强，仍然可读，仍然美，诗情诗境诗

天才即集中时间集中精力。

语诗象大致保留了原貌。如果把它重新组合成长短句，就更妙：

杜鹃、明月、蝴蝶，成无端惘然追忆。日暖蓝田晓梦，春心迷，沧海生烟玉。托此情，思锦瑟，可待庄生望帝。当时一弦一柱，五十弦，只是有珠泪，华年已。

再一首，尽量使之成为对联风格：

此情无端，只是晓梦庄生望帝，月明日暖，生成玉烟珠泪，思一弦一柱已。（上联）

春心惘然，追忆当时蝴蝶锦瑟，沧海蓝田，可待有五十弦，托华年杜鹃迷。（下联）

阅读效果同样。

除了说明笔者中邪，陷入了文字游戏、玩文学的泥沼——幸有以救之正之以外，还说明了什么呢？

说明了中国古典诗歌中每一个字、词的极端重要性，相对独立性。真是要"字字珠玑"！做到了字字珠玑，打散了还是珠玑，打散了也还能"各自为政"！

《锦瑟》共有实词：锦瑟、弦、柱、蝴蝶、杜鹃、月、珠、泪、日、玉、烟；有半实半虚的词：五十、一、晓、梦、春、心、沧海、明、蓝田、暖、此情、追忆、当时；有动词和系词：无、思、迷、托、有、生、待、惘（然）；有典故人名：庄生、望帝；还有比较虚的词：只是、可等（我按自己杜撰的中西合璧的词的划分法），其中弦、一字凡两见（生亦两见，一为人名，不计）。看来，这些字、词的选择已经构成了此诗的基石、基调、基本情境。这些字、词之间有一种情调的统一性、联结性，相互的吸引力，很容易打乱重组。诗家选用这些字、词（在汉语中这二者既有区别又有联系，字也是有相对独立的意义的），看来已经体现着诗心，体现着风格。

其次，李商隐的一些诗，特别是此诗，字词的组合有相当的弹性、灵活性。它的主、谓、宾、定、状诸语的搭配，与其说是确定的、明晰的，不如说是游动的、活的、可以更易的。这违背了逻辑的同一律、否定律与排中律，这也违背了语法规则的起码要求。当我们说"人吃饭，马吃草"的时候，是不能换成"人吃草，饭吃马"的。但这种更换在诗里有可能被容许、被有意地采用乃至滥用。原因在于，这样的诗，它不是一般的按照语法——逻辑顺序写下的表意——叙事言语，而是一种内心的抒情的潜语言、超语言（吾友鲁枢元君的洋洋洒洒的大作《超越语言》对此已有大块论述，笔者当另作专文谈及）。汉语本来就是词根语言（有别于印欧语系的结构语言与阿尔泰语系的黏着语），在这样的诗中，词根的作用更大了。但不同的排列组合也不可忽视，好的排列会带来例如陌生化之类的效果。如笔者的入魔而成的诗、长短句中的"庄生追忆春心泪，望帝迷托晓梦烟""杜鹃、明月、蝴蝶，成无端惘然追忆""沧海生烟玉""五十弦，只是有珠泪，华年已""此情无端""春心惘然"等，都是佳句妙句。

第三，诗是真情的流露，这是绝对无可怀疑的。但这种流露毕竟不是擦一下眼角、叹一口气，里面包含着许多形式，许多技巧，许多语言试验、造句试验，许多推敲锤炼。近几年的新诗，其实也是很致力于这样做的，如舒婷、傅天琳的诗。至于一首耐咀嚼的诗，如《锦瑟》，甚至能够产生一种驱动力，使读者继续为之伤脑筋动感情动文字不已。这简直是一种物理学上不可能的荒谬的永动机。当然，不仅《锦瑟》是这样，但《锦瑟》尤其是这样。同属玉溪生的脍炙人口的《无题》诸首，请读者试试如法炮制一下，远远达不到这种效果。这说明《锦瑟》的诗语诗象，更浓缩，更概括，更具有一种直接的独立的象征性、抒情性、超越性和"诱惑性"。而李商隐对这些诗句的组合，也更加留下了自由调动的空间。

第四，笔者"改作"的一首歪诗，两首非牌性（套用音乐上的"无调性"一词）辞章，不妨可以作为解诗来参考。即通过这样的"解构与重构"，可以增加我们对原诗的理解。例如本诗首句，历代解家皆以"锦瑟无端"或"五十弦无端"解之，即认定"无端"是说的锦瑟、弦，这样解下去，终觉隔靴搔痒。试着组合一下"无端惘然""无端追忆""无端此情""无端春心""无端晓梦"乃至"无端沧海""无端月明""无端日暖""无端玉烟"……便觉恍然：盖此诗一切意象情感意境，无不具有一种朦胧、弥漫，干脆讲就是"无端"的特色。看来，此诗名"锦瑟"，或是仅取诗的首句首二字，是"无题"的又一种；或是以之起兴，以之寄托自己的情感。而这个题的背后，全诗的背后，写着美丽而又凄婉的两个字，曰"无端"也。此诗实际题名应是"无端"。"无端惘然"，这就是这一首诗的情绪，这就是这一首诗的意蕴，在你进行排列组合的试验中，没有比这两个词更普遍有效的词了。这么说，这首诗其实是写得极明白的了。

　　再如庄生梦蝶，望帝化鸟，典故本身是有来有历有鼻子有眼的，用来表达一种情绪，其实不妨大胆突破一下。庄生春心，庄生明月，庄生沧海，庄生锦瑟，庄生蓝田，庄生烟玉，庄生华年，庄生杜鹃，为什么不可以在脑子里组合一下、"短路"一下呢？如果这样的"短路"能够产生出神秘的火花和爆炸来，那又何必惧怕烧断语法与逻辑的低熔点"保险丝"呢？这不是对本诗的潜力的新开拓吗？

　　再以锦瑟做主语吧，锦瑟梦蝶，锦瑟迷托杜鹃，锦瑟春心，锦瑟晓梦，锦瑟沧海明月，锦瑟日暖玉烟……

　　这是一个陷阱。这是一种诱惑。这是锦瑟的魅力。这是中国古典的"扑克牌"式文学作品。这是中华诗词的奇迹。这是人类的智力活动、情感运动的难以抗拒的魅力。这也是一种感觉，一种遐想，一种精神的梦游。这又是一种钻牛角的苦行。这当然是不折不扣的野狐禅。

　　走远了。魂兮归来！

曹禺——永远的雷雨

:
:

为纪念曹禺先生逝世一周年，北京人民艺术剧院重新上演《雷雨》。我有幸被邀去看，距上一次看《雷雨》，倏忽四十余年矣。上一次是 1956 年，召开全国第一次青年创作积极分子会议

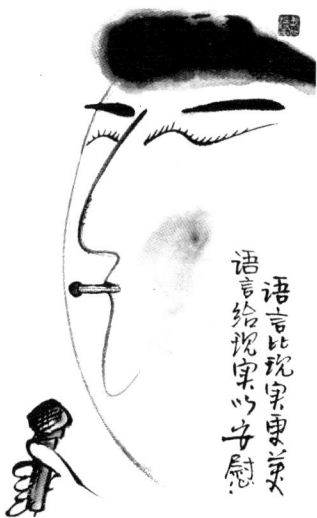

语言比现实更美，
语言给现实以安慰。

时。（那时为了防止我们这一伙人骄傲，不让叫青年作家）至今我记得儿童文学作家刘厚明看完于是之、胡宗温、朱琳、郑榕、吕恩等演的戏后对我说的话："我感到了艺术上的满足。"如今，厚明亦作古八年矣。

我从上小学就看《雷雨》，加上电影，看了不下七八次，许多台词——特别是第二幕的一些台词我已会背诵。我特别喜欢侍萍回忆三十年前旧事时说的"那时候还没有用洋火"这句话，我觉得现在的演员（不是朱琳）没有把这句话的沧桑感传达出来。我知道《雷雨》的情节与人物家喻户晓。我的缠足的、基本不识字的外祖母，在我七岁时就向我介绍过戏里的人物，她说鲁大海是一个"匪类"，而繁漪是一个"疯子"。

《雷雨》表现了人的与（旧）社会的罪恶，毫不客气，针针见血。戏里表现出来的罪恶主要来源有二，一是阶级，二是性。不但周朴园是剥削压迫工人"下人"的魔王，繁漪也是张口闭口下等人如何如何，把繁漪说得如何富有革命性乃至这样的人可以成为共产党员（请参看拙著《蹰蹰的季节》）怕只是一厢情愿。《雷雨》是猛批了资产阶级的，比《子夜》揭露更狠，是现代文学史上突出地批判资产阶级的为数不太多（与反封建主题相比较）的重要作品之一。《雷雨》里充满了压抑、憋闷、腐烂、即将爆炸的气氛，这种气氛主要是由于周朴园的蛮横专制造成的。与憋气与闷气共生的，则是一股乖戾之气——早在明朝就有人注意到了弥漫于中华大地上的一股戾气。《雷雨》里的人物，多数如乌眼鸡，一种仇恨和恶毒、一种阴谋和虚伪毒化着一个又一个的心灵。周朴园、蘩漪、周萍、鲁贵、鲁大海，无不一身的戾气。当然，大海的戾气是周朴园逼出来的，你也不妨说旁人的戾气也应由周老爷负责——这就是戏之为戏了。实际上，找出了罪魁祸首直至除掉了罪魁祸首之后，各种问题并不会迎刃而解。但是压抑和憋闷再加上乖戾，就是在呼唤惊雷闪电、呼唤血腥、呼唤死亡——有了前边的那么多铺垫，你甚至会觉得不在最后一场死他个一串就是世无天理。从阶级斗争的角度来看，这种情势实际上是在呼唤革命。而从民主主义的观点来看，你也可以说是在呼唤民主——只有民主才能消除憋闷与乖戾二气。

戏里的阶级矛盾非常鲜明。每个阶级都有极端派或死硬派，有颓废派、天真派乃至造反派之类属。这种类属的配置，既是阶级的，又是戏剧——通俗戏剧的。有了这种配置，还愁没有戏吗？所缺少的，大概就是黑社会和妓女了，果然，到了《日出》里，这两类人物便也粉墨登场。

周朴园与鲁大海都很强硬。解放后的处理，加强了对鲁大海的同情，而减弱了他的"过激"的一面。但曹氏原著，似乎无意将其写成一个工人阶级的代表，他的工人弟兄的叛卖，也不符合歌颂工人阶级的意识形态要求。即使如此，整个压抑异常的戏里，只有大海拿出枪来整他的后老子一节令人痛快，令人得出麻烦与压迫还得靠枪杆子解决的结论。曹禺当时似乎还不算暴力革命派，但是从曹禺的戏里可以看到整个社会的矛盾的激化程度与激进思潮的席卷之势，连非社会革命派的作品里也洋溢着社会革命的警号乃至预报。呜呼！革命当然是必然的与不可避免的了，不管革命会付出多少代价走多少弯路。不这样认识问题，就有向天真烂漫的周冲靠拢的意味了。

想来想去，全剧最具有人文精神的人物就是周冲，而周冲的表现竟成了讽刺。尤其此次演出，周冲给人的感觉如同滑稽人，着实令人可叹。四凤与鲁妈也够清洁的。但四凤叫人可怜，她的无知与奴性令人心烦——中国人毕竟走过了很长的一段路了。鲁妈更像一个圣者，一个理想主义者，她的撕支票至今仍然放射着反拜金主义的光辉。然而她抵抗不了"世道"，她是失败者，她可以在舞台上表演并赢得观众的同情的热泪，却于事无补；她无法兼善天下，连独善其身也做不到。她的质本洁来还洁去，令人想起失败的林黛玉来。她的不抵抗主义，则叫人想起圣雄甘地。她对"世道"的控诉，客观上也是通向革命的结论的，区区"世道"二字，承担了多少代的仇恨与责任。这两个字在罪有应得的同时，是不是也太容易让人忘却了自身的问题了呢？而不能自救者，能一定为世道改变所救吗？

对立的阶级都有自己的颓废派，或者叫叛徒，或者叫痞子。鲁贵是痞子无疑，繁漪被父子两代人逼得也采取了痞子手段：从盯梢、关窗、锁门到告密。由于解放后大家喜欢搞两极对立思维，繁漪是划到"好人"这一边的，所以论者大多为贤者讳，不提繁小姐的这一面。周萍也是颓废派，他很痛苦。但此次濮存昕演的周萍，漫画化了，一举一动，观众都笑，连他最后为自杀开抽屉拿枪也是引起观众一阵哄笑，这太失败。濮存昕是一个优秀的演员，所以把大少爷演成这样的小丑，一个是两极对立的思维模式起作用，二是他还嫩，他不理解那种人格分裂的、自己极其痛苦也不断地给旁人制造痛苦的人物。

痞子的特点之一是出戏，它们是一种作料。正因为人皆不愿痞，人都要约束自己包装自己使自己成为正人君子；这样，潜意识里积存了不少痞能，便想在舞台上看看痞戏，发泄发泄，嘲笑嘲笑，使某些潜能情意结得以释放。很多大人物都有痞的一面，例如刘邦、赵匡胤之类。伟大的齐天大圣，从玉皇大帝的门阀观点看，也只不过是个痞子。生旦净末丑里的丑虽然排行最后，却是不可少的。更出戏的却是疯子，疯而后痛快，疯而后本真，这是对体制也是对文化的抗议——哪怕是半疯或佯疯或被污蔑为疯。繁漪就是应该有一点疯，在如此环境与遭际中不疯才是更大更可怕的精神疾患。而现在的演员把她演得一点不疯，反而减少了她的悲剧性。京剧里也是出来疯子就好看了——例如《宇宙锋》——否则，人人迈着方步，不是大人先生就是"坚陀曼"，还能有什么戏！我观看好莱坞影片已得出结论：中国样板戏的特点是戏不够，（阶级）敌人凑；美国肥皂剧与商业片的特点则是戏不够，心理变态凑。如果不写心理变态者，多少戏剧冲突都没有了呀。曹禺在这些方面，用得很充分。

这就又扯到了性。因为美国影片里的心理变态者多是穷追并杀戮女性。《雷雨》中，阶级的罪恶表现为性罪恶，处理罢工事件云云则只是虚写。而事物一旦表现为性罪恶，就有点原罪的意思了。谁让人这么没有出息，生下来就带着全套家什。而性罪恶中最刺激的一是强奸，一是乱伦。而比较常见的被老百姓谴责的性罪恶是"始乱终弃"。强奸云云，《雷雨》中未有表现。但是乱伦，戏里是写了个不亦乐乎。曹氏很有火候，第一乱是周萍与繁漪，二人并无血缘关系（但大少爷是他爸的亲儿子，所以也挺恶心）；第二乱是周萍与四凤，不知者不怪罪，只能罪天罪命。这就不像西方电影里动不动露骨地讲什么父亲与女儿如何如何，令人讨厌。现在，人们都知道弑父娶母的俄狄浦斯情结与恋父的伊莱克特拉情结了；其实要把弗洛伊德的学说贯彻到底，就应该讲讲周萍四凤情结。

《雷雨》里对周氏父子的"始乱终弃"也谴责得很厉害。半个世纪以前，即此戏诞生的年代，性问题上的一个重要观念就是男权中心，女子在性上永远是受害一方，被欺侮的一方，被"始乱终弃"的一方。同时，社会上又十分男性中心地厌恶与丑化女性之"妒"和此种妒之"毒"。这里既有事实根据，也有传统观念，这些都表现在《雷雨》里了。加上同情与可怜弱者，这戏的主题显得既传统又激进，既从俗又理想，它的价值判断有极大的接受面积。

《雷雨》已经在中国演了近七十年，七十年来长盛不衰。这确实是经典（即古典）之作，哪怕说此剧本有所借鉴，不是绝对地百分之百地原创也罢，只要戏好，就站得住，就大放光芒。其情节、人物性格与人物关系之周密与鲜明的处理，令人叫绝。同时，它的范式包括价值观念符合一个通俗戏的要求：乱伦、三角、暴力（大海与周萍互打耳光、大海用枪支威胁鲁贵）、死而又生、冤冤相报、天谴与怨天、跪下起誓、各色人物特别是痞子疯子的均衡配置、命运感与沧桑感、巧合、悬念，特别是各种功亏一篑、失之毫厘差之千里的"寸劲儿"，都用得很足很满。这种范式很有生命力与普遍性，能成为某种套子，所以别的剧本也可以套用，例如话剧《于无声处》。这种范式却也常常成为此类艺术样式特别是作者自己前进中的绊脚石，它太成功了太严密了太满了，高度"组织化"了，已经组织得风雨不透啦——没有为作者预留下发展与变通的空间。

经典与通俗并非一定对立，在古代毋宁说它们是相通的，如莎士比亚，如中国的几大才子书，如狄更斯。愈到现当代，所谓严肃文艺与通俗文艺愈拉开了距离，真不知道该为此庆贺还是悲哀。

反正现在似乎不是一个古典主义的时代，现在的通俗也商业化得吓人。中国的话剧本来就是后来引进的品种，飞快地走完了人家欧洲的百年路程，飞快地并且夹生地走过了经典加通俗的阶段。

说到这里我想起一件有关曹禺的鲜为人知的故事。1980年夏，曹老叫北京市文联（那时，曹兼任北京市文联主席）的人告诉我，他某日某时要到我家去。我当时住在北京前三门一个总共二十二平方米的房子里，闻之深感不安。到了他指定的时间，他老来了，说是来"看望学习"。他说是再过几天"七一"，北京市委要召开一个座谈会，他该如何发言，希望我给"讲讲"。我颇意外，便胡乱谈了谈要强调三中全会精神呀之类的。我当然也借此机会表达了我对曹老的剧作的喜爱与佩服。我们回顾了五十年代我把一个剧本习作寄给他，他接待了我一次并赏饭的情景。他说："我一直为你担心……"他还感慨地说："这几十年我都干了些什么呀！王蒙你知道吗？你知道问题在什么地方吗？从写完《蜕变》，我已经枯竭了！问题就在这里呀！我还能做些什么呢？"他的话非常令我意外，我为之十分震动。然而，我无法怀疑他的认真和诚恳，虽然平素他说话或有夸张失实的地方，也有喜欢当面给旁人戴高帽的地方。

关于曹禺解放后未有得力新作，一般认为是由于环境与政策所致，或者如吴祖光先生所说，是由于曹禺"太听话"了，对此我无异议。但是，我想提出一个问题：即除了上述公认的原因之外，是否还由于他的这种经典加通俗的范式使他难以为继呢？这一点，甚至曹禺本人也认识到了，所以他在《日出》的"跋"里说："写完《雷雨》，渐渐生出一种对于《雷雨》的厌倦。我很讨厌它的结构，我觉出有些太像戏了……过后我每读一遍《雷雨》便有点要作呕（！——王加的惊叹号）的感觉。"（《曹禺全集》第一卷387页，花山文艺出版社1996年7月版）艺术上到处是悖论：戏不像戏不行，太像戏也不行，因为人们期待于艺术的不仅是艺术本身，人们期待于艺术的是生活，是宇宙的展示，是灵魂的自白与拷问，是人类的良心、智慧、痛苦和梦幻的大火……所谓纯粹的戏剧诗歌小说，往往是颇可观赏的精美的工艺品，而不是大气磅礴的浑如天成的震撼人心的巨著杰作。这里，《雷雨》是一个例外。因为《雷雨》给人的感觉可不只是一个精美的工艺品，它充满了痛苦、诅咒和恐怖——略略有一点廉价，却确

实地激动人心。《雷雨》可说是通俗的经典与经典的通俗。例外
虽然例外，它的太像戏的问题却瞒不过曹禺自己。曹禺二十三岁
时（1934 年，也是鄙人呱呱坠地的一年）就写出了戏得无以复加
的、生命力至今不衰的、其地位至今无与伦比的、雅俗共赏的
（也许实际是不能脱俗的）《雷雨》，幸耶非耶？他后来的剧作乃
至生活，究竟有没有突破他自己感到的这个太像戏（经典加通
俗）的问题呢？要知道早在 1936 年，曹禺已经为之作过呕了！

　　这也说明谁也赢不到、哪部作品也得不到即垄断不了百分之
百的点数，甚至《雷雨》这样的红了六十多年至今也没有被超过
的成功之作也不例外，因为自己没有得到满点就怨天尤人或者愤
世嫉俗可能是一种过分的反应。

　　我对话剧相当外行，但曹禺过世后，我一直觉得应该为他写
点什么，我爱他的剧作，但又实在不怎么理解他。例如他晚年的
一次精彩就相当出人意料。我说的是 1993 年政协八届一次会议
时，他扶病前来与中央领导会见，他发言建议将（当时的）文联
和一些协会解散，而他本人就是文联主席。这堪称振聋发聩。呜
呼，斯人已矣，何人知之？我的冒冒失失的妄言，有待方家教正。

铁凝——一个把自己放在书里的作家

·
·
·

这是一本相当纯粹的小说。它的人物好像回到了原初的状态，即使不太好的人如方兢、如白鞋队长的为恶也只是停留在动物的本能层面上，他们也带着几分小儿科气。而最最扭曲的以女人的身体做代价换取某种"恩惠"——如开病假条、如招工的故事，这种情节在旁的书里会是令人发指的控诉，而在本书里是女方的主动，而且里面混合了女方的本能，所谓幼稚的计谋和天真的放荡，不那么令人痛心疾首。倒是一些人的原始欲望的后果十分惊心动魄，社会、政治、家庭……都会给原质的人找麻烦，都会形成巨大的压力，摧毁本来并不复杂也无大恶的人生。

这当然是人生版本之一种，正如《三国演义》把人生政治化权谋化也是人生版本之一种。《大浴女》使我们面对原初的天真，面对生之快乐，面对一种纯洁和纯粹。顺手一击的社会背景描写并没有减少批判的力度。但更惊人的是即使在那个物资匮乏精神荒芜的年代，生活仍然是那样有声有色而趣味盎然，人性仍然是那样五彩缤纷而澄明透亮，情感仍然是那样热烈赤诚，悲欢仍然是那样可歌可泣，精神世界仍然是充满了真实的惶惑、追求、升华，叫作被作践了的嫩芽"成全了一座花园"。

是的，嫩芽被作践着，花园却是美丽的，"内心深处的花园"一节写得堪称绝唱。让我们来欣赏这座花园吧。

由于个人的阅读口味和习惯，更由于儿时受到的教育，我不怎么容易接受《大浴女》的书名，也不易接受书里某些比较露骨的感官的描写。但读过全书之后，它在相当程度上说服——征服了我。它侧重表现的是尹小跳等一些女性的人生追求和人生遭际，其中包括灵与肉纠缠在一起的生死攸关的精神寻觅、道德自省、尊严维护、感情珍惜与价值掂量，对他人直至对社会的态度（例如小说表现了方兢的仇恨心，反衬出了尹小跳的爱心与善良），再就是对各色人等包括一些男性的精神的解剖分析。书里的主人公尹小跳是一个有强烈的几乎是超常的生命力量的人，包括智慧、热情、道德感和对生活的感悟能力。她一次又一次地追求，她拥有许多幼稚、错失、真诚、愿望、悔悟、倔强，她遭受到了背叛、欺骗直到无耻。她的种种无奈使她终于与陈在走在一起（后来又终于分手）。当他们在一起的时候，发展到比较强烈的肉身的结合，这是必然的与合乎情理的，是身体的同时也是精神的现象，这里表达了作者的坦诚，表达了作者对于读者的几乎是过分了的信任，读到这里你感到的是一种纯粹和升华而不是别的。这就与感官刺激与出卖隐私区别了开来，也与装模作样雾里看花区别了开来。这些描写使人感到了尹小跳的炽热与率真，缩短了读者与人物的距离，表现出小跳的热烈、活跃、聪慧与终究保持住了的精神的纯洁。要知道，欧洲的美术中，天使也都是赤裸裸露着屁股蛋子的。

当然也可以设想另一种选择，一种更矜持更含蓄的写法，更象征也更审美的处理，作者有选择自己的写法的自由，读者评者也有设想另一种处理的可能的自由或者是权利——而另一些读者致力于在阅读中满足自己的窥视欲。许多精彩的文本都带有揭秘的性质，都在把遮蔽的帘布打开，虽然遮蔽的内容不同，可能是政治，可能是家庭，可能是黑手党也可能是人的生理性隐私。

于是我想起了一个我在美国看过的传记影片，它描写一个钢琴家的一生。这个钢琴家在充斥着商业与通俗气味的百老汇大红大紫。为了搞卖点造噱头，他出场的时候并不是跳伞运动员般地自天而降，歌星一般地闹上一大堆花里胡哨的灯光和雾气，如此这般地推销了自己的钢琴演奏。

作为一个过气作者，我以老朽的心态担忧《大浴女》的那部分比较直露的写法变成某些人心目中的卖点和噱头。读完了，却觉得他们会因之提高而不是降低阅读趣味和精神品位。如此说来，这样写还是得大于失了。是吗？然而，知止而后有定。我最喜欢给别人题的词就是这两个字："有定"。这几句话不算评论，它只是一个老熟人的不合时宜的个人心思。

与其他有些女作家的一个重要不同在于：第一，铁凝是一个把自己放在书里的作家，你从书里处处可以感到作者的脉搏、眼

挫折和失败锻炼了丰富了我们

泪、微笑、祝祷和滴自心头的血。她在作品里扮演的是一个抒情者、倾诉者、歌哭者、狂笑者、祝福者或者呐喊者。她与书中的人物互为代言人。你读了书就会进一步感知与理解作者，直至惦记与挂牵作者。张洁也是这种类型的作家。而另外有一些作家，你从她们的作品里可以知道许多东西，除了她们自己。她们在自己的作品里扮演的是观察者、叙述者、勾画者、解剖者、批评者、嘲笑者，最多是同情者。你分明可以感到这类作者与作品的布莱希特式的距离。这里绝无高下之别，毋宁说后一类作家更现代：酸的馒头（sentimental）的时代毕竟已经过去了。读这样的书会觉得佩服，会拍案叫绝，会沉吟不已，却永远不那么牵心动肺。读完《大浴女》，则觉得心怦怦然，觉得到底意难平，觉得仍然惦记着尹小跳、唐菲、俞大声，直到章妩和尹小帆。

另一个更个人的特点是，铁凝的作品里虽然也不乏大胆的描写尖刻的嘲弄，不乏对灵魂的拷问，但是给人印象至深的是一种生活的甘甜，是一种人的可爱，是穿越了众多的苦涩和酸楚之后，作者的比一切失望更希望，比一切仇恨更疼惜，比一切痛苦更怡悦的爱心和趣味。她总是津津有味地兴致勃勃地乃至痴痴诚诚地直至得意洋洋地写到人，写到爱情，写到城市乡村（作者是一个既善于写乡村又善于写城市的作家，我知道不止一个年长的文学人更喜欢她的写乡村之作），写到平常的日子，写到国家民族，写到党政干部，写到画家编辑、写到穿衣打扮、购物吃饭、出国逛街、读书执炊，甚至尹小跳开电灯、钻被窝与骑凤凰车也写得那样有兴味，不是颓废的享乐与麻醉，而是纯真的无微不至的活泼与欣然。读完了，人物们再不幸也罢，人生与历史中颇有些不公正也罢，事情不尽如人意也罢，命运老是和自己的主人公开玩笑也罢，曾经非常贫穷非常落后非常封闭也罢，你仍然觉得她和她的人物们活得颇有滋味，看个《苏联妇女》杂志，看个阿尔巴尼亚故事片，都那么其乐无穷。她的作品里基本上没有大恶，没有大绝望，也没有大愤激；有痛苦但不极端，有嘲笑但不恶毒，有悲伤但不决绝，有丑恶但不捶胸顿足，有腥臭但不窒息；怨而不怒，哀而不伤，乐而淫，淫而止于当止；不颓废，不怎么仇恨，也没有那种疯疯癫癫的咒骂。也许在字里行间你还能体会到作家的人物的一种生正逢时生正逢地的幸福感，包括对于国家社会福安市的一切进步的自豪。回顾铁凝的其他作品，她的人物有时善良得匪夷所思。五年前我举过她的短篇小说《意外》为例，一个乡下女孩子在城里照相被弄混了照片，她领到的是另一个女子的照片，她居然没有对这种不负责任的商业事故愤怒，反倒是欣赏那个陌生人的照片，并告诉旁人那是她嫂子。在另一篇小说《喜糖》里，被新婚夫妇冷落了的主人公，宁可自己买喜糖送给自家，以维护新婚者的形象。还有一个短篇《我的失踪》，更是把一次追窃贼的经验理想化浪漫化快乐化。你再无法想象世界上有第二个人写这样的题材用这种调子这种方式，这是我国小说的一枚奇果、一个变数，可惜没有任何人注意过它。

到了《大浴女》这里，这种特点更明显了，虽然小说写了那么多痛苦，虽然尹小跳似乎一直背着沉重的十字架。让我们举一个给人深刻印象的例子：方兢"抛弃"小跳以后，托唐菲给小跳带去一枚钻石戒指。小跳把戒指随手向后一丢。这样的情节无足为奇，毋宁说是相当俗，《雷雨》里的侍萍对待周朴园的支票也是一撕了事。但是这里表现了铁凝之所以是铁凝，她写的是，这枚戒指一抛，正好挂在了一棵树的枝头上，然后尹小跳就想，觉得树像女人，它们最适合戴上这样的戒指。写得好浪漫、好俏皮、好铁凝！只有写过《哦，香雪》写过《村路带我回家》写过《永远有多远》的铁凝才会这样写，这叫作独一无二这叫作美善惊人。小跳被方兢欺骗和抛弃，小跳有屈辱感，接受了戒指就更屈辱了。所以要抛掉，不抛掉不足以消解屈辱。但又让树枝接受了方兢的馈赠，这就同时又消解了愤怒，并没有完全否定方兢的情，挂在树枝上的戒指既是对方兢的报复也是对方兢的安慰，亦即对小跳与方兢的这一段故事的安慰和超越。小跳终于跳出来了，仍然有情有义，仍然充满了美感其实是某种程度的原谅，也就是自身的最大安慰，睚眦必报的人自己生活得一定很痛苦。当然，小跳也并不是宽容得昏了头以至丧失了否定的能力，像某些刚刚学会做人生的四则题的大头娃娃设想的王蒙那样，宽容成了无能与怯懦的代名词。尹小跳后来对方兢的"精神与心理的落魄"的发现与洞察，实在是令方兢愧死——如果方兢还有所谓愧感的话。

我曾经说过，写出《哦，香雪》那样的作品的人是幸福的。我也曾表达过对这种乐观（如果可以说是乐观的话）和天真的希望。在1985年拙作《香雪的善良的眼睛》中，我说："她（指铁凝）应该在不失赤子之心的同时，艰苦地、痛苦地去探寻社会、人生艺术的底蕴……作家的善良应该是通晓并战胜了一切的不善、吸收并扬弃了一切肤浅的或初等的小善、又通晓并宽容了一切可以宽容的弱点和透视洞穿了邪恶的汪洋大海式的善。真正的高标准的美是正视生活和人的一切复杂性、艰巨性的美。真正的喜悦应该是付出了一切代价、经历了真正的灵魂的震撼的喜悦。真正的艺术的天国只有通过泥泞坎坷的道路，有时候甚至是通过地狱才能达到。"回顾五年前的这一言说，除了我为自己的"王蒙老师"式的大言不惭的口气而汗颜以外，我觉得我可以就用这些话来评价《大浴女》，只是要把动词从未来时改成现在完成时，从 should be 改式 has been。在读完《大浴女》之后，我不平静地却又是欣慰地想，铁凝已经做到了。

尹小跳——一个给人以印象的名字——到了书的结尾部分，有一种平静，有一种超越，有一种悲悯，更有一种清醒。长篇小说的结尾是很难写的，但是《大浴女》的结尾却像一个电影镜头一样地深深刻印在读者心头。我们可以说，尹小跳后来像一个圣人，像是成了观音。这当然是一种理想化的描写，也仅仅是精神上的自我完成。但这仍然是非常铁凝式的处理。我们可以比较一下一些别的作家，他或她的作品中弥漫着多少难解的（哪怕是抽象的虚拟的解一解）牢骚和怨毒！

而尹小跳有两个大的理论基础，一个是原罪与救赎的观念，为了尹小荃的死，她的良心从来没有平安过。这是一个触目惊心的处理，虽然对之过分的理论化也不免令人生疑：果真人性中就没有原生的善良吗？一个不认为自己罪孽深重的人就不能出现强烈的向善为善的内心需要吗？让我与尹小跳抬个杠：是有了善的动机才有忏悔，还是有了忏悔才有善的动机呢？这起码是一个鸡与蛋孰先孰后的无解的悖论难题——我们看到过的，我们周围的做了坏事害了别人而绝不后悔的汉子已经太多太多了。

尹小跳的第二个理论基础是弗洛伊德的精神分析。尹小跳这个人实在是太聪明了，她洞察别人的与自己的一切隐秘的不纯的动机。作者并不原谅尹小跳，作者甚至写了尹小跳为了办某种事不惜托唐菲去用不道德的手段以求达到目的。她没有像某些作家那样拼命在作品中鼓吹一个美化一个悲剧化一个，然后攻击另一个糟践另一个漫画化另一个。小跳应该算是相当老到了。书中对于方兢的描写实在是很有深度。由于政治潮流也由于我们的小儿科式的大众化人物观念，一般文学作品对于受过迫害的那些人是给以相当正面的悲剧化处理的，而那些被错划过"右派"被关入过大墙的人也无不自然而然地扮演起了背负十字架的圣徒角色。但是，苦难在使一些人升华的同时，也使一些人堕落，方兢的苦难抹掉了他的差不多所有美好的情愫，而造就了他的厚颜、贪婪、冷血、自私。用书中他自己的话，就是说苦难加基因使他变成了一个不折不扣的无赖。小跳（经过一个过程）特别是唐菲（一眼）看穿了他的真实与可怕的内心。另一个人物是尹小帆，也写得令人不寒而栗，尤其是，尹小跳是怀着姊妹之情来看出小帆的浅薄、虚荣、自我中心和充满嫉妒的。

但是，小跳是不是偶尔也太聪明了呢？人至察则无徒，小跳连唐菲为她两肋插刀进京找方兢的动机都要分析一番，未免不憨厚了。小跳对尹亦寻的"嫉妒"的揭露也给人以过分的感觉，女儿能够这样与父亲说话吗？我怀疑。一个生活中的人也好，一个作品中的人物也好，是明察秋毫、纤毫毕见好呢，还是有所见有所不见、有所清晰有所难得糊涂好呢？五年前我表示过对女作家的"洞穿"的期望，如今，我又被这种洞穿吓住了。好为人师的王蒙就是这样出尔反尔？至少，全知全能的上帝一般万能的作者，在自己的书里精明就尽情尽兴地精明下去吧。（在书里精明万能的作家，实际生活中未必精明，书里的明察秋毫与实际生活中的滴水不漏其实是两路功）但请不要让自己的人物也一样的全能，一样的明察秋毫。千万千万，给自己心爱的人物留一点混沌、留一点迟钝、留一点懵懵懂懂的荒芜吧，不要让心智的 B 超和 CT 把一切一切都放到透视镜下吧。拜托了。

还有几处阅读时激起我与尹小跳抬杠的欲望。其一，小跳对母亲公正吗？为什么从小章妩在小跳面前就像是一个顽童在严师面前一样？在那个时代，对病与病假条的关系，聪明的小跳论证起来就教条主义到那种程度？在铁凝的（还有残雪的）不止一篇小说里母亲扮演着颇不正面的角色。小跳为什么不反省自己对章妩的态度？章妩与唐医生的关系如果是不对的，那么小跳与方兢与陈在的关系呢？为什么一个有夫之妇与第三者如何如何就那样令小跳反感，而小跳自己却可以与有妇之夫如何如何呢？这里边有没有性别歧视和双重标准？

不知道作者的原意如何，尹亦寻的描写令人不快。他太阴沉了，他怎么能够在小荃的死上做那样的文章！太不可爱了。顺便说一下，我至今不知道什么叫奶潜了不是奶开了。他对章妩洗黄瓜的老爷式的指责也是不可接受的。

其二，则是小跳对于妹妹小帆是不是也太洞察了？妹妹毕竟没有有意地做什么伤害小跳的事，她的那些小伎俩，她的那些与姐姐攀比的小心眼，非大恶也，更多的是人之常情，属于人性弱点女性弱点的题中可有之义。最后小帆用那种腔调出现在麦克那里，太恐怖了。小跳不是已经认真负责地拒绝了麦克了吗？何必对小帆在那里反应得如此强烈？

还有在小跳与方兢的关系上，作者写道：小跳曾经"希望方兢得到她"，这个说法与方兢对唐菲说的"我同意你吻我一下"有没有某些相似之处？男女的结合，如果说得到，是互相得到，如果说委身，是彼此委身，如果说献出，是相对献出，如果说占有，是你我占有。只有绝对的男权中心，才可以讲男人是获得是"占了便宜"，女人是受了欺负，是被占有了。当然，由于男权中心社会并没有绝迹，在男欢女爱中，女性似乎付出得更多，痴心女子负心汉的故事似乎更有代表性，而以准流氓态度玩弄女性的男人确实也比玩男人的女人多。这样，在男女之事中，女人就变成了被得到被占有的一方。这是后果，是不公正的表现，但不是实质，越来越不是实质。何况《大浴女》中是小跳先给了方兢半个吻，也就是小跳先得到了方兢的半个吻。

请原谅我对于小跳的强词夺理，因为这个人物的描写打动了我。

上述的情爱中的男女对等关系是理论上态度上预设上，生活里则加上了别的因素。《大浴女》对方兢的描写堪称栩栩如生。

没有社会与情爱经验的尹小跳投入方兢的怀抱，客观上是羊向狼的献礼。那么，能不能问一句，羊为什么要向狼献身？再问一句，尹小跳为什么总是不幸？

小说的回答是由于原罪，由于童年时期小跳对于章妩"乱搞"的结果及妹妹尹小荃的死负有良心上的责任。这很沉重、很深刻，然而远水未必完全解得了近渴。小说没有客气，它写到了小跳的"虚荣心和质朴到发傻的原始的爱的本能"。到这儿，小说的洞察与挖掘戛然而止。

都说小说对于女性的描写十分到位，是的，这诚然值得赞美。写得太细太专太女性了，读后又不免产生惶惑：什么是女性？什么是女人？首先，她们应该是与男人一样的平等的与独立的人啊，她们是性别的人即性的人，同时也是社会的人自然的人文明的人政治的人与阶级的人。在铁凝的某些小说里，为什么女人的价值要表现在被男人欣赏、接受和依恋里？通体放亮的《大浴女》，就不可以穿上钢盔和防弹衣吗——如果生活里确实充满了战斗的话。作者的另一篇《秀色》这一点就更加突出，尽管此作用了许多时代的生产的政治的与道德（大公无私、奉献精神）的背景乃或包装，其核心情节却是美少女张品脱光了让李技术员抱着看。就是说女性的价值乃至奉献是在男人的观赏和爱抚中实现的。这岂不是太男权中心了吗？尹小跳对男人的许多思想活动，都表现了或流露了一种依附感，表现了一种对男性的仰视和对同性的挑剔与苛刻——这样说是不是太过分了呢？尹小跳那么重视自己是来自北京的，说话不是福安味儿的，她去过美国，逛过圣安东尼奥……这里头流露了一点什么信息没有？这里与开初的对方兢的仰视有什么关联没有？（抱歉，这有点在小组会上追查思想根源的酷评味道了）小跳一直被陈在叫作小孩儿，叫作懒孩子，唐菲则被她热恋的舞蹈演员叫作"小嫩猫小肉鸽小不要脸"，这是偶然的吗？虽然写了那么多女性却缺少当今社会的抗争性极强的女权意识，因此不由得不尽情透露出女性的细腻、温柔、漂泊与依附心理。这些是男权社会中男子所喜欢于女性的并始终是如此这般地塑造女性的，但却不是一个理想的现代女性所需要的全部，女性也许更需要独立、自信、奋斗和内里的刚强，与男性至少是平起平坐的感觉。是的，尹小跳最后终于显示出了她的刚强的一面，她对方兢的最后一句话是"你让我过去"。天啊，太精彩了，方兢到这时候只是一个绊脚石啦。然而，难道她的心胸与视野就不能更伟岸些更阔大些或者更强硬些吗？羊何必那么崇拜一只虚幻的狼的伟大？太热衷于弗洛伊德了，会不会遮蔽一个人物的目力和思维呢？

抬杠云云已经过于膨胀，这也是文字的魔法所致，抬杠本身会繁衍抬杠，文字会衍生文字，以致超出了预期与实质。但这也至少说明了一个问题，即《大浴女》是动人的，有的地方像一根刺一样，刺痛了读者，搞得读后不能已于言，读后想说一点，再说一点，再多说一点。

《大浴女》其实是够沉重的了。却原来一个人从生下来就承负着那么多自己的和别人的包括上一代人的和社会的罪恶。这种种罪恶是混沌的，有的是自身的罪，有的是被认为的罪，其实不一定是罪。然而，把不是罪的认定为罪并要当事人承担罪责，这本身又成了大罪，罪恶感就是这样的无处不在！想到这一点读起来觉得惨然肃然。唐菲的命运堪称可怖，她与小荃一样似乎压根儿就被取消了生的权利。她的母亲在"文革"中的经历固是特殊的政治运动使然，却也是长期积淀的道德文明与习俗的力量的结果。人类可能压根儿就有自虐和他虐的倾向；当然，这也是悖论，我们想不出一个全能的替代方案，小说未必有意颠覆这种婚姻与两性关系上的全部人类守则，当所有这些规则都被推翻之后，也许人类面临的是新的罪恶。唐医生的结局——赤身裸体地从高烟囱上跳下来，不是小跳而是大跳，也不能说不是一种控诉。这样的自杀方式不很新奇，生活中作品中都曾见过，但本书的安排却产生了一种荡气回肠、肝胆俱裂的强效应。章妩的无奈与自责只能使读者同情她，一个母亲、一个妻子、一个女人、一个公民，几重身份的义务与规范已足以撕裂她的平平常常的灵魂。智力一般乃至不够用，总不能算她的人格缺陷，可惜作家没有真正地钻到她的灵魂里写。小帆客观上是无法比得过她姐姐的，这其实是人生的一个无解的难题，同样的境遇、同样的心气、同样的素质，但是两个人仍然永远不会平衡，心理不会平衡、命运不会平衡，才具不会平衡，精神力量也不会平衡。羡慕和嫉妒，赶超和怨嗟，永远不会停息。而书里的主角尹小跳呢？为什么她距离幸福仍然是失之毫厘，差之千里？为什么她像一个赶公交车的人，走到哪一站都错过了自己的班次？天乎天乎？掩卷唯有长叹而已。

写过长篇小说的人也许会同意，这样的体裁里结构是最困难的。而本书的结构几乎无懈可击。书里的长诗长歌一气呵成的文气也令人羡慕。在总体的写实风格中，描写时而露出神秘和象征、浪漫和幻化。作者此作里发挥了她的一贯的俏皮（不是男性的那种幽默）的语言风格，妙语如珠，俯拾皆是。"在那个有风的晚上，我看见一个小女孩儿抱着邮筒叹息""一种莫名的委屈弥漫着她的心房，一声小孩儿你怎么啦，是她久已的期盼""当一个时代迫切想要顶替另一个时代的时候，一切都会夸张的，一切，从一个小说到一个处女""人们为回到无罪的本初回到欢乐而耗尽了力气""观照即是遮挡"……值得摘抄的句子还多着呢。再看看小说的小标题："美人鱼的渔网从哪里来""猫照镜""头顶波斯菊"，都令人会心地微笑。

在第二十四节写到巴尔蒂斯的绘画的时候，尹小跳想，巴尔蒂斯"把她们的肌肤表现得莹然生辉又柔和得出奇。那是一些单纯、干净，正处于苏醒状态的身体，有一点点欲望，一点点想，一点点沉静，一点点把握不了自己"；还说："画面带给人亲切的遥远和熟稔的陌生就是他对艺术的贡献……"我们完全可以用这些话来描述这本小说。铁凝写了一本不同凡响的书，这同时是一本相当讲究的书，结构严谨，文字充满活力，集穿透与坦诚、俏丽与悲悯、形而下的具体性与形而上的探寻性苍茫性于一体。

文学小说的迟子建做法

$\bullet$
$\bullet$
$\bullet$

　　小说都算文学，同时有言情、推理、武侠、反贪、黑幕、讽刺、哲思、悲情、鬼怪、哼哼唧唧……类型之分。这里，我不揣冒昧，称此类小说为小说文学中的文学小说。

　　"河流开江和女人生孩子有点像……顺产指的是'文开江'，冰面会出现不规则的裂缝……浓墨似的水缓缓渗出……匐然解体……涌向下游。"而逆生指的是"武开江"："上游却激情似火地昼夜融冰……冰排自上而下呼啸着穿越河床。有时冰块堵塞，出现冰坝，易成水患。"

　　松花江是哈尔滨的母亲、情人、爱恋寄托，它奔流、展样、孕产着生活，大大方方，洋洋洒洒，哗哗作响，生生不息。迟子建用文学的手指，启动了这条魅力无穷的大水。

　　"黑龙江上游有条美丽的支流，当地人叫它青黛河，七码头就在青黛河畔。公路铁路不发达的年代……这条河就喧闹起来了，客船、货船、渔船往来穿梭……起点是望云岭，终航站是熊滩。

"……（青黛河）又派生出两个极小的支流，鹿耳河和拇指河，它们连缀着一村一屯——月牙村和椴树屯……微型面包车、农用四轮车、马车牛车、摩托车甚至自行车……就像一锅被热火炒得乱蹦的豆子。摩托车突突叫，自行车铃铃响，牛哞哞吟哦，马咴咴嘶鸣……这一带的人在呼号的北风中，练就了大嗓门……每个人的唇齿间，都隐藏着一部扩音器。牲畜们……叫起来不甘示弱，豪气冲天……赶上阴雨天……中转客人便纷纷涌向码头旁的卢木头小馆。"

逆境是顺境的准备，顺境是逆境的铺垫。

空间与时间的坐标，乡镇与河流的图示，地名与风光的锦绣，普普通通、艰难而有运道有滋味的生活大小背景愉快地出现了。这就是人间烟火的漫卷。我们激动于红旗与进军号的漫卷西风，我们也迷醉于人间岁月百态似乎无意的漫卷纠结、猎猎暖暖。

"无论冬夏，为哈尔滨这座城破晓的，不是日头，而是大地卑微的生灵。

"哇！日头是原生的神与自然，生灵是你我他她咱们加马驴猫狗鹞子一大堆，不必张扬，自况卑微，仍然有戏，仍然让你哭、笑、迷，赞叹有加。

"大自然挥动着看不见的鞭子，把哈尔滨往深秋里赶。

"自然，时间，仙人还是精怪？节气还是家常？魔术师还是索命判官？抱怨她还是跪求她呢？"

我从迟子建的长篇小说新作《烟火漫卷》中相当随机地援引了几段文字。你会感觉到作者的笔触所及，电光石火，唤醒大地、家乡、江河、万民、舟车、鹞鹞、雨雪、阳光，还有那么多、那么密、那么平凡又那么美善同时强烈生猛的人间烟火。铁凝曾把这样的书写，叫作"生机"。

小说的写法无穷无尽，当然。有的教化，有的悬念，有的神奇，有的评点，有的冷峻，有的燃烧，有的爬高，有的就低。迟子建小说的要点首先是描绘，是栩栩如生，杨枝净水，点石成金，众鸟高飞，花草遍野，生活灵异，悲欢离合，诡异奇绝。她讲给你大地丰盈，江河奔流，人员俊秀，脾性闪光，然后顺手拨弄：乡愁小曲、奇闻轶事、旧貌新颜、飞扬顿挫，书里的生活与惟妙惟肖的言语迷上了你。

就是说，迟子建的小说非常自然，非常生活。大事小事、国际政治、家长里短、历史事件与草民蚁民的鸡零狗碎，横向枝枝杈杈、纵向起伏，浸润铺染、巧遇冲撞、命运转折……令你上心，令你牵肠挂肚、令你动容、非知就里不可。她的小说故事，不论怎样地奇遇意外，扣人心弦，全都充分地生活化、常态化、文学化，不仅是感人化，而且是迟子建化了。这样的小说，最有文学的生气洋溢、趣味盎然；它们的语言、修辞、比喻、移情，每个词，都充溢着生活万象与情绪起伏。

迟子建化是什么意思呢？有一种对烟火人间的兴致，有一种对寻常百姓的喜欢，有一种对喜怒哀乐的体贴，有一种对顺逆通蹇的通吃通感，有一种对善良与美好的期待与信托，对亲爱与祝福的靠拢，同样也有一种对于传奇情节的勇敢的想、编、描、叮当五四，平平缓缓地流啊流，忽然，冷不丁点燃了一把火。

请看她笔下的黑龙江特别是哈尔滨，一个地域，亲爱的家乡，熟悉的生活方式与应对种种苦难、离奇与挑战的方式，它更是威严的变迁，奇妙的东北，被称为"东方巴尔干"的"满洲，东方小巴黎的国际化、中国化与地域化同在；是世界与伟大中国的缩影，苦难与幸运的交融，衣食住行、吃喝拉撒睡、柴米油盐酱醋茶百科大全，是清朝肺鼠疫、日伪满洲国，俄罗斯毗邻，以及与朝鲜半岛、日本岛国的千丝万缕恩怨情仇，是来自那么多地角的俄日朝犹太与我国多而又多的各兄弟民族同胞的友好与碰撞，难解与难分。他们的肤色与眼球，他们的男就英男、女就豪女，他们的音乐厅与教堂，他们的大锅炖、二人转——正在移植消化三部欧洲歌剧的二人转，他们的直爽与粗犷，他们的热辣与鬼心眼子，他们的墓地与风习，他们的误会误解、遮盖隐藏与嘚瑟显摆，他们的常常是连自己也闹不清楚并无法相信的来历，与做梦也想不到的祸殃与转机。这些北方的天气、山河、动植物、交通、噪音与矫健的身影、大大咧咧的高嗓儿、慷慨的气度与滔滔的忽悠结合起来了"。

我觉得黑龙江、哈尔滨，有迟子建与没有迟子建是不同的，就像阿来说的：

"有了如迟子建一系列文字的书写，黑龙江岸上这片广大的黑土地，也才成为中国人意识中真实可触的、血肉丰满的真实存在。"

当作者让黄娥拉着她的儿子杂拌儿的手游逛哈尔滨市的时候，读者如我，也被他们仨牵着手，经验了再来几十次仍然屡屡更新的哈尔滨观赏感受。

"在俄罗斯河园桥头，看见一对盲人男女边走边卖唱，女盲人戴着有蝴蝶图案的头巾……男盲人举着一个坑坑洼洼的铝盆跟在后面，跟着伴奏唱着歌……黄娥站定，仔细听了听歌声，叹息一声，从兜里摸出两块钱，让杂拌儿投进铝盆中。她也据此嘱咐杂拌儿，哈尔滨伪装的乞讨者不少……有的把腿缠起，造成截肢的假象，还有的故意穿得破烂不堪……而实际上呢，有些人乞讨完，到住处数完钱，换上装，就去餐馆吃喝了。

　　"杂拌儿说难道这对盲人装瞎？黄娥说城里装瞎的人是有，但这对看上去倒不像，因为这个盲人唱的歌，听上去很干净，是从心底唱出来的……黄娥又想起了在工地听说的腿脚不好的碰瓷者，专找孩子作为对象，跌倒后跟孩子的家长勒索钱财……"

　　这里有对于善良的迟疑与退缩吗？怎么也叫人感觉到了改革开放带来富裕的烟火气，还有尚未吃足就打嗝儿的小儿科的丢人？

　　有地理，也有历史，有今天，也有昨天，因为是在真切的人间，在生活的波涛与风雨里。

　　"从果戈里大街右转，过了百年老店秋林公司，沿着东大直街步行十多分钟，就到了圣母守护教堂，老哈尔滨人称它为乌克兰教堂……这里曾做过新华书店……这里还保存着一座一百多年前在莫斯科浇铸的大钟……杂拌儿倒是不掩饰自己的开心，说都中午了，上帝也得吃口饭吧。"

　　就王某所知，世界上有三座索菲亚教堂，在伊斯坦布尔、在基辅、在哈尔滨。不知他处还有没有。

　　"教堂台阶前有个肿眼泡男人……拉着手风琴。黄娥……心想进不去教堂，在上帝眼皮子底下施舍，也算给杂拌儿积德吧。拉琴的……说他老婆一年前病死在那儿，到了休息日，他就过来给她拉琴……无论昼夜，永远车来人往……依然一往情深地拉琴。

　　"……它（教堂）清隽小巧，过去主要为德国侨民教徒所用，哥特式的建筑风格……两座教堂相隔只有一条小街……称它们为

'姊妹教堂'……将绿色的尖顶和倾斜的屋顶拆掉，它更像一户人家，很是清新可人……杂拌儿……对黄娥说走吧，上帝听到妈妈的脚步声，就知道你要说啥啦。

"要了牛肉大葱和韭菜虾仁的两种锅烙……杂拌儿说他不喜欢教堂的圆形穹顶，看上去像坟墓。黄娥说可不敢胡说啊，穹顶是发光的地方，你要把它想成太阳和月亮。恰巧牛肉大葱的锅烙上桌了，杂拌儿迫不及待夹起一张，咬了一口，一股热油涌出，杂拌儿赞叹真香啊，说热油才是发光的……

"饭后已是一点，黄娥先带杂拌儿去文庙，行了状元桥，在大成殿朝拜了孔子，她想孔家圣地可保佑杂拌儿学习好，将来成为栋梁之材。出了孔庙，他们又……到极乐寺去。"

这里写了宗教与无神论的冲撞了吗？太阳、月亮、尖顶、锅烙的热油发光，真香啊，这就是中华文化，这就是不同而和，就是有无相生、高下相倾、道法自然、万象归一，神圣归于平凡，圣人保佑后代成材，母爱乡恋涵盖了消化了一切世俗与崇拜。

"极乐寺是佛寺……刘建国跟黄娥说起他小时候，哥哥带他去寺院山门前，曾看过斗和尚的情景。以'破四旧'的名义，寺院的经书被焚，佛像被戴上高帽子，或被污损……被砸得断肢解体的佛像碎片中，捡到过一只鎏金佛手……刘光复病危时，还跟弟弟说他在梦里捡回这只佛手，佛手上多了一枝莲。"

偶然回顾、梦里捡回、多了一枝莲。这是一首诗里的三行。建议明年高考时，作文题之一用这三句，考生可以写评点，也可以补充成诗文。

"……对面的居民楼下，有一排经营佛事用品的商铺，卖佛
像、香炉、莲花灯、佛珠、香烛、绢花之类……买的人不说买，
卖的人也不说卖……黄娥懂得这规矩，所以买香时对摊主说：
'请一盒檀香'……赶上法会，这条街会被挤得水泄不通，卖活
鱼活鸟的也会现身，他们是为着有放生需求的人准备的……进了
庙里见着各路佛要磕头……杂拌儿说我给爸爸妈妈磕头，能得到
压岁钱，我给佛磕头，佛能给我啥？黄娥说是福报。"

童言无忌，神佛离不开世俗，居民楼台经营佛事，买鱼买鸟
放生，佛事成了俗事，打赏自是福报之一种。高僧也提出过人间
化的口号。

"午后四点半……东侧的钟楼和西侧的鼓楼，钟鼓齐鸣……
穿廊绕柱，清泉般涤荡心扉。杂拌儿欣喜地对妈妈说，这两个哑
巴亭子，终于开口说话了……黄娥没有责备他，因为钟楼鼓楼不
发音，确实显得呆板。黄娥想经历了钟鼓声的洗礼，为杂拌儿寻
求神灵庇佑的一天，就是圆满的了。

"黄娥又怎能想到，她出了极乐寺十来分钟，命运的雷电劈
在她身上，把她卷入爱与痛的风雨长夜。"

哈尔滨人，我爱你。你的地名如诗如史如歌如梦。你们不怎
么信外来的宗教，你们仍然对于各类教堂保持着尊重与爱心。两
座靠近的教堂是姊妹，要不就是闺蜜吧？岂止俄日朝，这里也生
活过德法及其他。你们见识过各种愚蠢与恶行，你们仍然坚持着
助人为乐。佛音也是烟火的漫卷，是莫斯科东正教大钟的友钟，
对于心有余辜而又爱子如受伤母虎一样的黄娥与读者王蒙来说，

你们镌刻于骨。

是人对人的，东北人对人的，迟子建对人的深情、柔情与善意：即使准备结束，永远有命运的雷电，永远有爱与痛的风雨长夜劈来，长夜后当是新的朝阳升起。

本书主人公刘建国，最后揭示他竟是"二战"后日本流落本地的人员的遗孤，他因为丢失了具有犹太血统的于大卫与谢楚薇的儿子铜锤而苦苦地寻孤终生。不但寻孤，而且是殉孤。他养父是俄罗斯文学的翻译家，有延安的光荣岁月经历。建国还有极优秀的哥哥与妹妹，他同时一直受到命运的鞭挞。他后来驾驶一种可能是哈尔滨独有的民营救护车。他是童叟无欺的的哥。他还是西洋音乐爱好者，发现某一场演出的提琴手有他当林场知青时心仪的女生而急于赶去欣赏，急于重温少年浪漫之梦，终于耽误在路途上。这一段好像是长篇小说中一个可以独立也可以上下勾连、左右浸染的短篇。

他丢失了铜锤，这样一个横祸，竟成了与刘建国加上刘的妹妹刘骄华形成了非亲亦亲、陌生遥远的黄娥女子出现的契机。黄娥爽利通透，倔强美丽。她的男人卢木头是被她气得发心脏病而死的吗？她悄悄把卢木头的遗体背到山谷喂老鹰，这是什么性质的事件呢？而他们的孩子杂拌儿吸引了刘建国，又疼痛了谢楚薇的心。无路可走的黄娥牵引了翁子安的心与钱袋。赶马车人撞坏了黄娥，却是一场《东北人都是活雷锋》的小演出。你喜欢黄娥，你喜欢刘建国也喜欢翁子安，你喜欢马车夫与他的妻子，喜欢他们给黄娥送的酸菜，你相信吃了那样地道的哈尔滨酸菜，受了重伤的能够痊愈，临终的也会睁开眼睛。人生就是这样，有失去就有得到，有倒霉就有补偿，有踏空就有承接，有失望绝望，挺住了——出现的是新的开阔。

这样现代感的文学小说同时也是传奇。当年周扬同志首次见王蒙就建议我好好读唐代传奇。一生做管理监狱的政法工作，关心刑满释放人员的生计，言行都一贯正确的刘骄华，因了男人的出轨而陷入比家庭婚姻危机更恐怖的精神灵魂危机，甚至动了杀心，肢解老李？而找了一辈子失孤的刘建国找到铜锤以后，却是铜锤不想见亲生父母的态度。

既日常如水，又紧急如火，是纯朴的天使，又是激怒的魔鬼，倒霉蛋儿，又受到观音菩萨与善男信女的保护，爱得喜人，土得掉渣，洋得全乎。东北大老爷们儿大老娘们儿，重情重义重欲，也绝对重理、发乎情止乎礼的。生活流细节云雾，同样是逸闻大观、瞠目结舌。

迟子建是一个幸运的作家，她有文学的散文的小说的一切感觉禀赋，游刃有余。她写得惊心动魄，不离美好，自然多面，不事冗长，她对她的人物有一种宽容与贴切，民胞物与，将心比心，一草一花、一鸟一兽、一河一岭、一滴一点一语，都有欣喜与善待。本书中唯一没有被作家原谅的是那个上海知青，他的造孽毁了改变了一串普通人的生活命运。

迟子建的笔触是如意遂心的。同时，我相信她赶明儿能写得更好大好。

陈染——凡墙都是门

· · ·

陈染的作品似乎是我们的文学中的一个变数，它们使我始而惊奇，继而愉悦，再后半信半疑，半是击节，半是陌生，半是赞赏，半是迷惑，乃嗟然叹曰：

陈染，你是谁？我怎么不认识你？我怎么爱读你的作品而又说不出个一二三来？雄辩的、常有理的王某，在你的小说面前，被打发到哪里去了？

单是她的小说的题目就够让人琢磨一阵子的：《潜性逸事》《站在无人的风口》《另一只耳朵的敲击声》《与假想心爱者在禁中守望》《巫女与她的梦中之门》《秃头女走不出来的九月》《凡墙都是门》。这一批题目使你怵然心动：她的笔下显然有另一个世界，然而不是在中国大行其道的魔幻现实主义，不是寻根，也不是后现代或者新什么什么。因为她的作品，那是"潜性"的，是要靠"另一只耳朵"来谛听的"敲击"，是"巫"与"梦"

的领地，是"走不出来"的时间段，是亦墙亦门的无墙无门的吊诡。而多年来，我们已经没有那另一只耳朵，没有梦，逃避巫，只知道墙就是墙，门就是门，再说，显性的麻烦已经够我们受的了，又哪儿来的潜性的触觉？

是的，她的小说诡秘，调皮，神经，古怪；似乎还不无中国式的飘逸空灵与西洋式的强烈和荒谬。她我行我素，神了吧唧，干脆利落，飒爽英姿，信口开河，而又不事铺张，她有自己的感觉和制动操纵装置，行于当行，止于当止。她同时女性得坦诚得让你心跳。她有自己独特的语言独特的方式，她的造句与句子后面的意象也是与众不同的：

……看着一条白影像闪电一样立刻朝着与我相背的方向飘然而去……那白影只是一件乳白色的上衣在奔跑……它自己划动着衣袖，搐撑着肩膀，鼓荡着胸背，向前院高台阶那间老女人的房间划动。门缝自动闪开，那乳白色的长衣顺顺当当溜进去。（《潜性逸事》）

我坚信，梵高的那只独自活着的谛听世界的耳朵正在尾随于我，攥在我的手中。他的另一只耳朵肯定也在追求这只活着的耳朵。我只愿意把我和我手中的这只耳朵葬在这个亲爱的兄弟般的与我骨肉相关、唇齿相依的花园里……我愿意永远做这一只耳朵的永远的遗孀。（《另一只耳朵的敲击声》）

在她的记忆中，她的家回廊长长阔阔，玫瑰色的灯光从一个隐蔽凹陷处幽暗地传递过来，如一束灿然的女人目光。她滑着雪，走过一片记忆的青草地，前面却是另一片青草地……她不识

路……四顾茫然，惊恐无措。（《与假想心爱者在禁中守望》）

想想自己每天的大好时光都泡在看不见摸不着无形无质的哲学思索中，整个人就像一根泡菜，散发着文化的醇香，却失去了原有生命的新鲜，这是多么可笑……（《凡墙都是门》）

这样的例子俯拾即是，琳琅满目。还有她的小说人物的姓名，黛二、伊堕人、水水、雨若、谬一、墨菲……这都是一些什么名字呀？据说有一种理论认为理论的精髓在于给宇宙万物命名。还有她的稀奇的比喻和暗喻，简直是匪夷所思！这就是独一无二的陈染！她有自己的感觉，自己的语汇，自己的世界，自己的符号！她没有脱离凡俗，（这从她的许多冷幽默和俏皮中可以

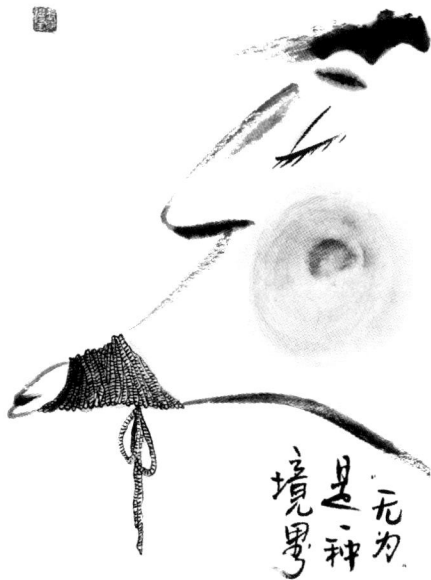

"无为"是一种境界。

明确地看出，她是我们的同时代人，生活在"我们"这个世界上，生活在我们之中）却又特立独行，说起话来针针见血，挺狠，满不吝（读 lìn）。她有一个又清冷，又孤僻，又多情，又高蹈，又细腻，又敏锐，又无奈，又脆弱，又执着，又俏丽，又随意，又自信自足，又并非准备妥协，堪称是活灵活现、呼风唤雨、撒豆成兵的世界。这个世界里有对爱情（并非限于男女之间）的渴望，有对爱情的怀疑，有对女性的软弱和被动的嗟叹，又有对男人的自命不凡与装腔作势的嘲笑；有对中国对于 P 城的氛围的点染，有对澳洲对英国的异域感受；有母亲与女儿的纠缠——这种纠缠似乎已经被赋予了某种象征的意味，又有精神的落差带来的各种悲喜剧。她嘲弄却不流于放肆，自怜却不流于自恋，深沉却不流于做作，尖刻却不流于毒火攻心。她的作品里也有一种精神的清高和优越感，但她远远不是那样性急地自我膨胀和用贬低庸众的办法来拔份儿。她决不怕人家看不出她的了不起，她并不为自己的扩张和大获全胜而辛辛苦苦。她只是生活在自己的未必广阔，然而确是很深邃、很有自己的趣味与苦恼的说大就大说小就很小的天地之中罢了。这样她的清高就更自然自由和本色，更不需要做出什么式样来。

她其实也挺厉害，一点也不在乎病态和异态，甚至用审美的方式渲染之。她一会儿写精神病一会儿写准同性恋之类的。她有一种精神分析的极大癖好，有一种对独特的异态事物的兴趣。在她的作品里闺房的、病房的、太平间的气味兼而有之，老辣的、青春的与顽童的手段兼而有之。她的目光穿透人性的深处，她的笔触对某些可笑可鄙的事情轻轻一击。然后她做一个小小的鬼脸，然后她莞尔一笑，或者一叹气一生病一呻吟一打岔。这也算是一个小小的恶作剧吧？然后成就了一种轻松的傲骨，根本不用吆喝。

我当然是孤陋寡闻的，反正我读很多同代青年作家的优秀的作品的时候一会儿想起加西亚·马尔克斯，一会儿想起昆德拉，一会儿想起卡夫卡，一会儿想起艾特玛托夫，最近还动辄想起张爱玲……而陈染的作品，硬是让我谁也想不起来。于是内心恐惧且胆小怕事的我不安地惊呼起来：

"陈染，真有你的！"

然后我擦擦眼镜，赶掉梦魇，俨然以长者的规定角色向微笑着走来的陈染说：

"祝贺你，你也许会写得更好。"

心理的一个重要标志。

批判乃是健康

自省与

自省与自我批判乃是健康心理的一个重要标志。

遐　思
· · ·

Xia Si

只言片语

·
·
·

（一）

有时候一顿饭吃得太多而产生了不适感，有时候这种不适与尚未吃饱的不适感混淆起来了，难以一下子分清，于是你又加吃了一点东西。

（二）

许多的讨论、争论，开始时还是对于某个问题的不同看法的探讨，很快就变成了人际关系问题，会出现许多观察员分析家分析不同意见的利益背景，总之都认为对方是出自私利，从而认为对方是道德品质问题，从而杜撰出假想敌的卑劣与自己的惨烈来，于是自己悲壮得要死要活……然后出现了各种消息、各种消息灵通人士、各种志愿军及送上门来为你效死的冲锋队。所有的情报都证明对方在搞阴谋，在制造流言，在挑拨是非，在指桑骂槐，于是你必须予以还击——以其人之道，还治其人之身。于是变成了阴谋大比武，流言制造大赛，变成了与少数民族无涉的泼（污）水节，变成了狗咬狗狼咬狼……如此这般，可称之为狗屎化效应。一切庄严的郑重的讨论哪怕是斗争，一旦有这样那样的人卷进来，最后都狗屎化了：于是一切赞同都是因为情面或受了礼，一切不同意见都是报私仇，一切团结都是结党营私，一切分离都是钩心斗角，一切建议都是别有用心，一切激情都是哗众取宠，一切的一切都臭气烘烘。最后你掩鼻塞耳以避之犹忍不及。

（三）

狗屎化效应多了，就产生搅屎棍式人物。这种人物可以是滥竽充数的混混——只要能在一些场合与别人抬杠就行，怎么不得体怎么来，激动就好，吵闹就更好，造成事件尤其好——但也可能成为人物，或者不妨说"人物"在不被理解的时候很像搅屎棍。他或能冲破万马齐喑、死水一潭，提供逆向思维的启发，而且增添热闹。许多时候，开讨论会，请客吃饭，唱卡拉 OK，结伴旅游，直到政治学习，人们都期待一个搅屎棍式的人物出现，有了他或她，至少表面上全盘棋都活了。

（四）

有的人总觉得陌生一点的人更可爱，陌生人带来的是一缕清新，一种礼貌的自制，是一种新经验与启发。由于可爱便愿意接近之，接近了便渐渐发现他也与其他的人没有太大的两样，不见得比他们更高超，如果不是比他们更差的话。这可以称之为喜新效应。

（五）

有的人总觉得陌生人很危险，似乎一切生人都可能是罪犯，可能要骗你，可能对你没安好心，而熟人知根知底，令人放心得多。这可以叫作欺生或疑生效应。

（六）

一个儿子埋怨他的爸爸："您太没有出息了，没有买下汽车，也没有买下房屋，没有写出真理的光芒四射的文章也没有演过电影，没有当上高官，又没有成为英雄模范，你们本来可以有更伟大的成就！这一代人啊，算是没有希望了呀。"

父亲说："儿啊，你今年有多大了？"

儿说："三十有九。"

父亲说："我还以为你不到十五岁呢。明年你就四十了，到时候你给我们拿出点辉煌来。还有，你有孩子了吗？"

儿说："他已经十一岁了。"

父亲说："呃，那么说你也快了。"

一个读书人读了《礼记》上的"大道之行也，天下为公，选贤与能，讲信修睦，故人不独亲其亲，不独子其子……"乃颓然叹曰："两千多年过去了，我们碰到的问题还是一个样儿，一代又一代的人干什么吃的！"

另一个看了莎士比亚的话剧《哈姆雷特》，便说至今"活着还是不活"的问题没有解决。他对人类对文明表示失望表示焦虑表示痛心。

还有一个读了屈原，还有一个读了庄子，还有一个读了柏拉图，还有一个读了托尔斯泰，还有一个读了普希金，他们的结论都是愤怒与悲戚的：因为"天问"至今也还要问下去，你没能对答如流；"生也有涯知也无涯"的矛盾至今还痛苦得要死；理想国至今也还在理想着；善，至今克服不了恶；而爱情和情欲的煎熬，使他觉得自己比普希金还痛苦——因为他不知道该找谁去决斗，尤其是，决斗完以后，出版商是否就接受他的诗稿。只有一个庄稼人，他告诉他们他一直长到五十岁都没有吃过饱饭，而现在吃饱了，所以他认为日子还是可以过的。于是读书人痛不欲生，悲哀于人民的全面堕落。

（七）

一个博士在阁楼上读书愈读愈黯淡愈玄虚愈悲观。他的友人劝他下楼走一走，看看生活。他没有反对，便在一天夜晚下了楼。

首先，他看见一大堆老年妇女敲着大锣大鼓扭秧歌，她们还都打扮得艳丽如妖魔。"太可怕了，人民的审美素质太不成样子了。"他叹道。

接着，他看到了一群男女在"盒带"的伴奏下跳交谊舞，"醉生梦死，醉生梦死！而且，他们跳得根本不符合英国王室标准！"他摇摇头。

他走过一个地铁站口，一个人鬼鬼祟祟地问他："要发票不，要？要发票不要？""什么？"他问。"报销，报销……"那人含混不清地说。整整用了五分钟他才"脑筋急转弯"般地恍然大悟，叫苦不迭："我的娘！怎么这般伤天害理！"

他走过饮食夜市。卤煮火烧、酱烧猪蹄、爆肚、羊肠、酥饼、水煎包、锅贴、烧麦、豌豆黄、驴打滚、艾窝窝……应有尽有，冷气热气，香气臭气腥气，红白黄褐绿黑，琳琅满目。博士大喜，垂涎三尺，坐下就点。拿起筷子就夹，忽然觉察：且慢！不对了！路边摊贩，何等肮脏，车过尘起，人言沫飞，手指拨弄，餐具不消毒不洗净，这样食品是可吃孰不可吃？可别人都吃得香喷喷、美滋滋……吃乎不吃乎？处境之两难，选择之不易乃至于斯！他急哭了。

……回到阁楼上，他不知自己还该不该再忧国忧民，他只觉无语。他整理了一下他碰到的问题：如果战斗而只剩下了自己一个人，如果一个人而要与全世界作战，难道你的一切活动只是为了自己的影子？

（八）

孤独是不能提倡的，寂寞是不能推销的，伟大是不能操练的，艺术是不能炒作的，思想是不能避免的，悲壮是不能表演的。以上是否定律。

颂扬别人常常即是肯定自己，指责别人常常即是反射着自己的弱点，嘲笑自己常常即是嘲笑别人，给别人抬轿其实也是抬自己。以上是分享律，或曰借光效应。

过于强调什么，往往恰恰证明了自己某一方面的虚弱。例如曾经拼命唱"文化大革命就是好"，而从来没有唱过"淮海战役就是好"。以上是反衬律。

如果丈夫埋怨妻子琐碎而不断地与妻子争，如果妻子埋怨丈夫主观而不断地与丈夫争，如果一个人拼命批评自己的朋友不义，如果一个官拼命抱怨自己的下属无能，最后常常是证明你就是有些琐碎，或主观、或不义、或无能。这是（斗争）趋同律。

有人赞成的必有人反对，有人佩服的必有人不忿，有人讨厌的必有人亲爱，有人趋奉的必有人躲避。以上是逆反律或完成律。

（九）

被阿谀也如吸鸦片，愈吸愈上瘾——瘾无止境，谀无止境，麻醉性舒服无止境。

生活即学习，学习即生活，学习即性格。

飞 沫

....

一

我曾不止一次地发生一个冲动，写一篇小说，描写一个人自己给自己打电话。比如说他家里没有一个人，他的孩子上大学住学校了，妻子出国访问了。他上街，锁上了家门。在街上，发现了一个很文雅标致的电话间，比他自身更加标致和文雅。于是他忍不住通话的诱惑往并无一人在的家拨了一个电话。假定，他的名字是 A。

令人吃惊的是，接了电话。

"我是老 A。"

"我是老 A。"

"你……"表情应该是吃了一惊还是心中甚喜或是"原来是

这样"呢？

"你上街了，我在家。你买东西，我读书。你打电话，我接电话。你惦记我，我惦记你。"

"这回，我们都放心了。"

随着一声放心，老 A 已坐在家中电话旁，虽然家门是锁上的，他开不开。他饶有兴趣地给接收另一个老 A 的电话。

自己给自己打电话，一定是一件非常有趣的事情。

二

比如说描写一只狼，一只狼的性格是怎样完成的呢？

是不是它也懂得慈爱，懂得友谊，懂得风的呼啸与雨的凄迷，懂得饥饿的痛苦与被追逐的屈辱？

也许它本来是仁慈和软弱的，它的牙只是为了吃草。也许只是偶然的一次，它无心地碰坏了一只羊羔。从此便都说它是狼、狼、狼，嘲笑它、欺侮它、迫害它。

它便忘记了母狼的白乳，忘记了同伴的嬉戏，忘记了青草和野花的芬芳，忘记了驰骋奔跑的欢乐，只记住它磨砺自己的牙齿，咬啮和捕捉……

狼的眼睛是阴沉的，充满孤独的痛苦。

没有请君美餐的决心，真不该去看狼的眼睛。

站得要高，看得要远，永远充满信心，永远从容镇定。

三

我早就想写一部长篇小说。第一页，描写大海，写狂风，黑浪颠簸着白帆，神妖在海上大笑，暴雨发表论述，一只小蝴蝶栖息在浪花上，排炮轰鸣，九个太阳此起彼落，马蹄踏破酒席，碰杯时的微笑顷刻成为浮雕，乐队指挥摘下白手套投向一只大象，和尚的光头上长出了嫩芽……

酝酿着序，始终没有动笔。

四

没有比童话更吸引我的了，我却始终写不成童话。

就写溢出的这一滴墨水吧。无心的释放，不受欢迎的客人，在来得及擦拭以前，留下了自己的任意。任意只能是无意，无意却又只能是无任意。墨水羡慕笔尖，而笔尖又羡慕因为字写得不好而总是抱怨笔的孩子。

也许更应该写一盒歌曲磁带？小小的歌唱的精灵坚忍地储藏在长方盒子里，随时准备着有声有色有整整五个乐队的伴奏的演唱，而这一切都被忙碌的主人耽误了……磁带渐渐受潮，污染，还没有得到一次发声的机会便被埋葬了……小小的精灵愤怒了，它……后来，主人的耳朵就聋了。

也不行。

五

不知道医生是怎样论述老的征兆的。我的体会是，主要看心脏。什么叫年轻？年轻就是心跳，就是心跳节奏的明显变动，就是对于自我的心跳状况的切肤觉察，就是心在胸膛里的焦躁、冲击、拉扯、扭曲、撞打、不安分地运动。

因为春日的一丝和风。因为电影片头的一段吹奏乐。因为广播员的慷慨激昂的宣告。因为一个笑容。因为送到耳根的几句不敢见天光的流言。因为连阴天后的阳光。因为对某件事和对整个自己的无所作为的羞耻。因为游泳季节的开始。因为电话里听到了熟悉声音。心这个跳呀，跳呀，跳呀。练气功也不行，默念老子庄子的佳言妙句也不行，想另一个银河系也不行。

这还是缺少磨炼的缘故啊！少年的我判断说。要千锤百炼，要饱经风霜，要稳重如泰山，要安然如水……我真羡慕啊！

近一两年来，我已经很少有这样的剧烈心跳的经验了。是由于涵养还是由于脂肪？是更成熟更健壮（应该叫作茁壮吧）还是真的进入老年期了？吃点西洋参或者维生素 E 管事吗？

也好。

凝　思

我只希望，分手之后，告别之后，我仍然能想起你，想起便如见的清晰。

已经起身了，还要回头，还要回眸，还要再一次地看你，记你，得到你。

……而这一切都失算了。回忆没有清晰，冥想没有清晰，内观照没有清晰。凝视是不会被忘却的，凝视是不会被记住的。既没有永久的凝视，也没有永久的清晰。

已经记不起形状的莲花，别来无恙吗？

顺着简陋的、摇摇晃晃的木梯下去，是湖。被树木围绕的，说小也不小的湖。

隔着客厅的玻璃门，欣赏湖水的平静。

走到水边，却有一点晕眩。些微的涟漪里似乎蕴藏着点气势，蕴藏着不安，也许是蕴藏着什么凶险。

一条木船，绑在木桩上。木船上堆满了落叶。木船好像从来没有离开过木桩。

没有扶手的梯子上也堆满了落叶，甚至在夏天。有很多树，很多风和雨，却没有很多闲暇。对于一条木船，这湖毋宁说是太空旷了。

这也就够了，当闲谈起来，当得到了什么消息或者一直没有得到什么消息的时候，便说，或者说也没有说，那里有一个湖，梯上的落叶许久没有扫过。

一座豪华的，由跨国公司经营的旅馆。旋转的玻璃门上映射着一个个疲倦地微笑着的面孔。长长的彬彬有礼的服务台。绿色的阔叶。酒吧的滴水池。电梯门前压得很低的绅士与淑女的谈话声。

电梯到了自己的楼层。微笑地告诉陌生人。看着自己的同伴。走进属于自己的小鸽笼。

舒适，低小，温暖，床与座椅，壁毯与地毯，窗帘与灯罩，以及写字台上的服务卡的封面，都是那样细腻柔软。

这细腻和柔软令一个饱经锉砺的灵魂觉得疏离。这是我吗？是我来到了这样一个房间？

顺手打开床头的闭路音响，有六套随时可以选择旋转的开关。这是"爵士"，还是古典？这是摇滚，还是霹雳？这是迪斯科，这是甲壳虫？

没有历史感，不了解一件事的来龙去脉，上哪找深度去？

都一样，都一样。一样的狂热，一样的疲倦，一样的文质彬彬，一样的遥远。

一样的傻乎乎的打击乐，傻乎乎的青年男女在那里吼叫在那里哭，在那里发泄永无止息永无安慰的对于爱情的焦渴。

闭路音响，如一个张开嘴巴的、冒火的喉咙。它随着我的按钮而来到我的面前，向我诉说，向我乞讨，向我寻求安慰和同情。

我怎么办呢？

我打开写着"迷你酒吧"的小冰箱，斟满一杯金黄醉人的鲜橙汁。我的口腔和食管感到了一股细细的清凉。而你的凉喉咙仍然在冒火。

我按下键钮，把你驱走。安静了。嗅得见淡淡的雅香。但我分明知道，我虽然驱走了你，你仍然在哭，在唱，在乞讨，只是你不得进我的房间。你不得一时的安宁。

我不准你进我的房间。你乖乖地站在门外，不敢敲门。你真可怜。

我又按了键钮，果然，你唱得更加凄迷嘶哑痴诚，我哭了，我不能，一点也不能帮助你。

如果我能够安慰你，如果我能够拯救你——只怕是，我只能和你一起毁弃。

那天早晨我匆匆地走了，会见，愉快地交谈，即席演说，祝酒，题字，闪光灯一闪一闪。夜深了，夜很深了我才回到这温适的小鸽子笼。

你还在唱着。

你已经唱了一天和多半夜，我出门的时候忘记了消除你，就这样将你的动情的声音遗留到鸽笼里。没有人听，甚至连打扫卫生和取小费的女服务员也没有理睬你。而你一刻不停、一丝不苟、一点热情不减地唱着叫着，寂寞着与破碎着。

天天如此，也许还要唱四百年。

下了小飞机就进了绿颜色的汽车，汽车停在一座两层建筑门前。

我被引进了一个宽大的、铺着猩红地毯的房间。长着红扑扑的脸蛋、穿着笔挺的灰呢裤的女服务员端来了暖水瓶和一包香烟，她的一大串钥匙叮叮咚咚地响。

你吃七块、五块、三块一天的标准。

我点点头，她去了，我听到了一声鸡啼。

什么？又一声鸡啼。不但有雄鸡的喔喔而且有雌鸡的咕咕哒，而且有远的与近的狗叫，叫在摇荡着的白杨树叶窗影里。

已经许久没有听到鸡鸣狗吠了。就那么疏远地高级了吗？

走出去六十步，便是尘土飞扬的市街。我蹲了下来，观看正在出卖的多灰的葵花子、烟草、杏仁、葡萄干、被绑缚的活鸡活鸭、用木板盖着的碗装酸奶油、龚雪与杨在葆的照片、拆散零根卖的凤凰香烟。

我买了两角钱瓜子，吃下去，像当地人那样，不吐皮，葵花子空壳附着在唇边。

经过了漫长的冬季，似乎很难看出冰块是怎样融化的。一直是坚硬如石的冰面，车轮和人足都在上面轧。待你注意到，已是一泓春水。

突然出现了春水，出现了摇曳的水光阳光，映照在桥墩上，映照在栏杆上，映照在同样摇曳的新发的柳条上。

映照在脸上心上。感动得翻搅得不知怎样才好，如水的空阔、无定、欲暖还冷、混浊复又清明。还没有荷梗，还没有水草，还没有蝌蚪浮萍。是刚刚的流动，昨天还坚硬冰冷，然而已经流动了。

是希冀和期待，是祝福。

第一次见到你，就是这样的，在春水之上，在古老的街坊下面，你含笑走来，走进我的期待里。

我提醒你，我们那么早就见面了。你说是的，我却老觉得你也许没有记得那样仔细。

常常说起这冰雪融化的时刻，后来为它规定了日子。后来，又觉得，又想又认为也许相会得早得多。那次火炬晚会，那次纪念冼星海，那次城区和郊外，那次雨后捉蜻蜓和夏夜寻找萤火虫的时刻，已经在一起。

玩水（蜗）牛的时候，唱的童谣也是一样的。一定是一起唱过。经历了许多岁月，互相寻找直至今日。

这间小土屋与其说是砌成打成的，不如说是捏成的。

就是老妈妈用那衰弱而辛劳的手歪歪斜斜地捏成的。

门缝可以容进三个拳头。春天，燕子在室内做了巢，就从这门缝飞出飞进，带大了小燕子。

冬天可要了命，风雪放肆地涌进来，用破毡子、棉絮、旧衣服堵了又堵仍然堵不住，冷得刺骨。

而且无论如何烟不从烟囱里走，先燎了一个小时，燎得小屋变成了杀人的毒气室。又在六级风中登上了矮矮的房顶，往烟囱里浇了三铁桶水，说是可以压掉凝结在烟囱里的冷气柱，能够使烟道畅通。

后来有了一点火，有了许多烟许多冷。

就这样烤了火，相依偎着睡下，牙齿打着战，在战乱中感到了幸运。幸福。

多雨的夏季，冷得发抖。汽车在大雨中抛了锚，虽然是外国的公路外国的名牌被我们视为至高的无上权威，然而，说是车又坏了，无法修理。

司机的脸上没有表情。健壮的导游小姐流了泪。

鬼使神差地走进一家汽车旅店的餐厅，餐厅里布满了动物标本。正墙上是黑色的多毛的牛头，两只巨大的角威严如恶魔。侧墙上是一只鹰和两只山雉几只斑鸠，全都在展翅飞翔，全都永远地用一个姿势飞在无名小餐厅里。

而且有壁炉，跳动的火焰诉说着展翅不飞的痛苦。

于是便说笑起来，喝杜松子酒和兑白兰地的南非咖啡。情绪愈是恶劣，笑话便愈成连珠妙语。

走上这个山包，便看到了大海和对岸的城市。

看到巨大的钢铁的桥，桥上的蚂蚁一样多的汽车。看见船舶。看见对岸城市的潇洒的各色摩天楼屋顶。看见飞机在城市上空飞，飞得比大楼低，你真担心那太长的机翼。

而更多的时候看到的只有雾。不知道是凭记忆经验凭想象还是凭超敏锐的眼球，你对着雾说：桥、楼、车、真美、城市。

见到来到的这样的城市愈多，在城市跑来跑去活动得愈多便愈容易淡忘。这一团雾却永远忘不了了。

有一首歌《啊，我的雾》，是来自一个与我们很相像又很不同的国家的，唱的是游击队出征。

我走进一座辉煌的建筑，像殿宇，像旅馆，像塔，像纪念碑。

地上铺着大理石。墙上挂着壁毯。所有的陈设都是艺术都是古玩。室内的绿化，乔木和灌木和花草比室外还要丰富自然。一切设备得心应手。你可以把自己弹射到任何一个空间，你可以指令任何的风光服务出现。服务是这样尊敬和体贴，使你一经接触便觉得一生一世再不能失去。

没有冲撞，没有差失，没有任何含糊和疑惑，一切要多好就有多好，要多顺心就有多顺心。

然而空荡荡的。空荡荡得怕人。

宁可回家去挤公共汽车。下雨的时候车窗也不关闭。淋湿了所有的鼻子。